# ERIPHILE

## TRAGÉDIE.

# ERIPHILE

## TRAGÉDIE

DE

# M. DE VOLTAIRE,

*Repréſentée par les Comédiens ordinaires du* ROI; *le Vendredi 7 Mars 1732.*

Piéce que l'Auteur s'étoit oppoſé qu'elle fût imprimée de ſon vivant.

PRIX 36 SOLS.

*PARIS.*

M. DCC. LXXIX.

# DISCOURS.

JUGES plus éclairés que ceux qui, dans Athène;
Firent naître & fleurir les loix de Melpomène;
Daignez encourager des jeux & des écrits
Qui, de votre suffrage, attendent tout le prix:
De vos décisions le flambeau salutaire
Est le guide assuré qui mène à l'art de plaire.
En vain, contre son juge, un auteur mutiné
Vous accuse ou se plaint quand il est condamné:
Un peu tumultueux, mais juste & respectable,
Ce tribunal est libre & toujours équitable.
Si l'on vit quelquefois des écrits ennuyeux
Trouver, par d'heureux traits, grace devant vos yeux;
Ils n'obtinrent jamais grace en votre mémoire:
Applaudis sans mérite; ils sont, chez vous, sans gloire:
Et vous vous empressez seulement à cueillir
Les fleurs que vous sentez qu'un moment va flétrir.
D'un acteur quelquefois la séduisante adresse
D'un vers dur & sans grace adoucit la rudesse:
Des défauts embellis ne vous révoltent plus.
C'est Baron qu'on aimait; ce n'est pas Régulus.
Sous le nom de Couvreur Constance a pu paraître:
Le public est séduit; mais alors il doit l'être:
Et, se livrant lui-même à ce charmant attrait,
Ecoute avec plaisir ce qu'il lit à regret.

Souvent vous démêlez, dans un nouvel ouvrage,
De l'or faux & du vrai le trompeur assemblage :
On vous voit tour-à-tour applaudir, réprouver ;
Et pardonner sa chûte à qui peut s'élever.
Des sons fiers & hardis du théatre tragique
Paris court avec joie aux graces du comique :
C'est là qu'il veut qu'on change & d'esprit & de ton ;
Il se plaît au naïf, il s'égaie au bouffon :
Mais il aime sur-tout qu'une main libre & sûre
Trace, des mœurs du temps, la riante peinture.
Ainsi, dans le sentier avant lui peu battu,
Molière, en se jouant, conduit à la vertu.
Folâtrant quelquefois sous un habit grotesque,
Une muse descend au faux goût du burlesque :
On peut, à ce caprice, en passant s'abaisser ;
Mais moins pour applaudir que pour se délasser.
Heureux les purs écrits que la sagesse anime ;
Qui font rire l'esprit, qu'on aime & qu'on estime !
Tel est, du Glorieux, le chaste & sage auteur :
Dans ses vers épurés la vertu parle au cœur.
Voilà ce qui nous plaît ; voilà ce qui nous touche :
Et non ces froids bons mots dont l'honneur s'effarouche :
Insipide entretien des plus grossiers esprits,
Qui font naître à la fois le rire & le mépris.
Ah ! qu'à jamais la scène, ou sublime ou plaisante,
Soit des vertus du monde une école charmante !
Français, c'est dans ces lieux qu'on vous peint tour-à-tour

La grandeur des héros, les dangers de l'amour?
Souffrez que la terreur aujourd'hui reparaiffe:
Que, d'Efchyle au tombeau, l'audace ici renaiffe.
Si l'on a trop ofé, fi dans nos faibles chants
Sur des tons trop hardis nous montons nos accens;
Ne découragez point un effort téméraire:
Eh! peut-on trop ofer, quand on cherche à vous plaire?
Daignez vous tranfporter dans ces tems, dans ces lieux,
Chez les premiers humains vivans avec les Dieux:
Et que votre raifon fe ramène à des fables
Que Sophocle & la Grèce ont rendu vénérables.
Vous n'aurez point ici ce poifon fi flatteur
Que la main de l'amour apprête avec douceur.
Souvent, dans l'art d'aimer, Melpomène avilie
Farda fes nobles traits du pinceau de Thalie:
On vit des courtifans, des héros déguifés,
Pouffer de froids foupirs en madrigaux ufés.
Non, ce n'eft point ainfi qu'il eft permis qu'on aime:
L'amour n'eft excufé que lorfqu'il eft extrême.
Mais ne vous plairiez-vous qu'aux fureurs des amans?
A leurs pleurs, à leur joie, à leurs emportemens?
N'eft-il point d'autres coups pour ébranler une ame?
Sans les flambeaux d'amour, il eft des traits de flamme:
Il eft des fentimens, des vertus, des malheurs
Qui, d'un cœur élevé, favent tirer des pleurs:
Aux fublimes accens des chantres de la Grèce,
On s'attendrit en homme; on pleure fans faibleffe.

Mais pour ſuivre les pas de ces premiers auteurs,
De ce ſpectacle utile illuſtres inventeurs,
Il faudrait pouvoir joindre, en ſa fougue tragique,
L'élégance moderne avec la force antique:
D'un œil critique & juſte il faut l'examiner;
Se corriger cent fois, ne ſe rien pardonner;
Et, ſoi-même avec fruit ſe jugeant par avance,
Par ſes ſévérités gagner votre indulgence.

---

## *PERSONNAGES.*

ERIPHILE, reine d'Argos.
THÉANDRE, miniſtre de la reine.
ALCMÉON, inconnu, devenu commandant ſous Hermogide.
LE GRAND-PRETRE de Jupiter.
HERMOGIDE, prétendant au trône d'Argos.
ZÉLONIDE, confidente de la reine.
POLÉMON, confident de la reine.
EUPHORBE, confident d'Hermogide.
Suite d'Argiens.

*La Scène eſt à Argos, dans le veſtibule du temple de Jupiter.*

# ERIPHILE.

## ACTE PREMIER.

### SCENE PREMIERE.

LE GRAND-PRETRE & sa suite, THÉANDRE.

LE GRAND-PRETRE.

ALLEZ, ministres saints; annoncez à la terre
La justice du ciel, & la fin de la guerre.
Des pompes de la paix que ces murs soient parés.
Dieux, protégez Argos..... Théandre demeurez.
Vous voyez que, des Dieux, la sagesse éternelle
A béni de vos soins la piété fidelle.
Alcméon désormais est le soutien d'Argos: *

---

*Retranchemens.*

* Cet enfant, par mes mains à la mort arraché,
Ce présent des destins, chez vous longtems caché,
Par des exploits sans nombre aujourd'hui justifie
L'œil perçant * des Dieux qui veilla sur sa vie.

* Il faudrait, pour la mesure, *l'œil pénétrant.*

La victoire a ſuivi le char de ce héros ;
Et lorſque devant lui deux rois vaincus fléchiſſent ;
De ſa gloire ſur vous les rayons réjailliſſent ;
Alcméon dans Argos paſſe pour votre fils.

THÉANDRE.

Depuis qu'entre mes mains cet enfant fut remis,
Ses vertus m'ont donné des entrailles de père,
Je m'indigne en ſecret de ſon deſtin ſévère.
J'oſe accuſer, des Dieux, l'irrévocable loi
Qui le fit naître eſclave avec l'ame d'un roi :
Qui ſe plut à produire au ſein de la baſſeſſe
Le plus grand des héros dont s'honora la Grèce.

LE GRAND-PRETRE.

Aux yeux des immortels, & devant leur ſplendeur,
Il n'eſt point de baſſeſſe ; il n'eſt point de grandeur :
Le plus vil des humains, le roi le plus auguſte,
Tout eſt égal pour eux ; rien n'eſt grand que le juſte.
Quels que ſoient ſes aïeux ; les deſtins aujourd'hui,
De leurs ordres ſacrés, ſe repoſent ſur lui.
Songez à cet oracle, à cette loi ſuprême
Que la reine autrefois a reçu des Dieux même.
„ Lorſqu'en un même jour deux rois ſeront vaincus :
„ Tes mains prépareront un ſecond hyménée :
„ Ces tems, ce jour affreux, feront la deſtinée
„ Et des peuples d'Argos & du ſang d'Inachus.
Ce jour eſt arrivé : votre élève intrépide
A vaincu les deux rois de Pilos & d'Elide ;
Et l'hymen d'Eriphile eſt déja déclaré.
Vous, ſi du dernier roi le nom vous eſt ſacré,

D'Amphiarus encor ſi vous aimez la gloire,
Si ce roi malheureux vit dans votre mémoire,
Dans le cœur d'Alcméon gravez ces ſentimens:
Qu'il ſoit juſte, il ſuffit. Mais tremblez.....

THÉANDRE.

Dieu puiſſans,
Que nous annoncez-vous!

LE GRAND-PRETRE.

Voici le jour peut-être
Qui va redemander le ſang de votre maître:
La vengeance implacable, & qui marche à pas lents,
Deſcend du haut des cieux, après plus de quinze ans:
Il faut d'Amphiarus venger la mort funeſte. *
Dans une obſcure nuit les Dieux cachent le reſte.

---

* Mais gardez qu'Alcméon, par une audace vaine,
Combatte ici les Dieux, & s'uniſſe à la reine.

THÉANDRE.

Qui, lui, qui d'Eriphile eſt le plus ferme appui!

LE GRAND-PRETRE.

Puiſſe à jamais le ciel la ſéparer de lui!

THÉANDRE.

A quelle horreur encor faut-il donc nous attendre!
Quoi, des Dieux ſur Argos le courroux va deſcendre!
Dieu, eſt-ce là ce jour marqué par vos bienfaits!

LE GRAND-PRETRE.

Jamais jour ne ſera plus terrible aux forfaits.
Il faut d'Amphiarus venger la mort funeſte:
C'eſt tout ce que je ſais; }
Aux peuples aveuglés } les Dieux cachent le reſte.

THÉANDRE.

Il n'eſt donc que trop vrai ; ce prince infortuné,
Ce grand Amphiarus, put être aſſaſſiné !
Quoi, ſa femme elle-même aurait pu.... ! La barbare !
Hélas ! quand des bons rois le ciel toujours avare
A ſes triſtes ſujets ravit Amphiarus,
Il m'en ſouvient aſſez, un murmure confus,
Quelques ſecrettes voix, que je croyais à peine,
Accuſaient de ſa mort Hermogide & la reine !
Mais quel mortel hardi pouvait jetter les yeux
Dans la nuit qui couvrait ce myſtère odieux ?
Nos timides ſoupçons ont tremblé de paraître :
Ce bruit s'eſt diſſipé.

LE GRAND-PRETRE.

Le ciel l'a fait renaître.
La vérité terrible, avec des yeux vengeurs,
Vient ſur l'aîle du temps ; & lit au fond des cœurs :
Son flambeau redoutable éclaire enfin l'abyme
Où, dans l'impunité, s'était caché le crime.

THÉANDRE.

O mon maître ; ô grand roi, lâchement égorgé,
Je mourrai ſatisfait ſi vous êtes vengé ! *

---

* Qu'avec étonnement cependant je contemple
Les couronnes de fleurs dont vous parez le temple !
La publique allégreſſe ici parle à mes yeux
Du bonheur de la terre & des faveurs des Dieux.

LE GRAND-PRETRE.

La Grèce ainſi l'ordonne ; & voici la journée
Que, pour ce nouveau choix, elle a déterminée.

LE GRAND-PRETRE

Comment dois-tu finir, ſolemnelle journée,
Que le deſtin fixa pour ce grand hyménée?
Hermogide, & les rois ſes illuſtres rivaux
Qui briguaient cet hymen & déſolaient Argos,
Dans une ombre de paix ont aſſoupi leur haine:
Ils ont remis leur ſort à la voix de la reine:
Elle doit en ces lieux diſpoſer de ſa foi:
Se choiſir un époux, & nous donner un roi.

---

Hermogide & les rois d'Elide & de Pilos,
Qui briguaient cet hymen & déſolaient Argos,
Suſpendant aujourd'hui leur diſcorde & leur haine,
Ont remis leurs deſtins à la voix de la reine:
Elle doit en ce lieu diſpoſer de ſa foi:
Se choiſir un époux, & nous donner un roi

THÉANDRE.

O ciel, ſouffririez-vous que le traître Hermogide
Reçut ce noble prix d'un ſi lâche homicide!

LE GRAND-PRETRE.

La Reine héſite encore; & craint de déclarer
Celui que, de ſon choix, elle veut honorer:
Mais, quel que ſoit enfin le deſſein d'Eriphile,
Les temps ſont accomplis; ſon choix eſt inutile.

THÉANDRE.

Pour un hymen, grand Dieu, quel étrange appareil!
Ce matin, dévançant le retour du ſoleil,
J'ai vu dans ce palais la garde redoublée:
La Reine était en pleurs, interdite, troublée;
Dans ſon appartement elle n'oſait rentrer:
Une ſecrette horreur ſemblait la pénétrer:
Elle invoquait les Dieux; &, tremblante, éperdue,
De ſon premier époux embraſſait la ſtatue.

Le verrez-vous, mes yeux! verrez-vous Hermogide
Succéder au héros dont il fut l'homicide!
Puiſſe un plus heureux choix, puiſſe un roi vertueux
Détourner le tonnerre & déſarmer les Dieux!
Mais, hélas, des deſtins interprète ſévère,
Je ſerai malgré moi miniſtre de colère!

THÉANDRE.

Nul ne ſait, de ſon cœur, les ſecrets ſentimens:
Mais un trouble inconnu l'agite à tous momens.
Ce matin, dans ces lieux, déſolée, éperdue,
Elle a d'Amphiarus embraſſé la ſtatue:
Dans ſon appartement elle n'oſait rentrer:
Une ſecrette horreur ſemblait la pénétrer.
Tel eſt des criminels le partage effroyable.
Ciel, qu'elle doit ſouffrir, ſi ſon cœur eſt coupable!

LE GRAND-PRETRE.

Bientôt de ces horreurs vous ſerez éclairci:
Suivez-moi dans le temple.

THÉANDRE.

Ah, ſeigneur, la voici.

## SCENE II.

ERIPHILE, Suite, ZÉLONIDE, LE GRAND-PRETRE, THÉANDRE.

(*Eriphile paroît pleine d'horreur & de tristesse.*)

ZÉLONIDE *à la reine.*

PRINCESSE, rappellez votre force première;
Que vos yeux sans frémir s'ouvrent à la lumière.

ERIPHILE.

Ah, Dieux!

ZÉLONIDE.

Puissent les Dieux dissiper votre effroi!

ERIPHILE *au Grand-prêtre.*

Eh quoi, ministre saint, vous fuyez devant moi!
Demeurez; secourez votre reine éperdue:
Ecartez cette main sur ma tête étendue:
Un spectre épouvantable en tous lieux me poursuit:
Les Dieux l'ont excité de l'éternelle nuit:
Je l'ai vu; ce n'est point une erreur passagère
Que produit, du sommeil, la vapeur mensongère:
Le sommeil, à mes yeux refusant ses douceurs,
N'a point sur mon esprit répandu ces horreurs.
Je l'ai vu, je le vois; cette image *effrayante*
A mes yeux *effrayés* demeure encor présente,
Du sein de ces tombeaux de cent rois mes aïeux
Il a percé l'abyme; il marche dans ces lieux:

Les voiles malheureux qu'ici l'hymen m'apprête ;
Sanglans & déchirés, semblaient couvrir sa tête ;
Et cachaient son visage à mon œil alarmé :
D'un glaive étincelant son bras était armé :
J'entends encor ses cris & ses plaintes funestes.
Vous, confident sacré des volontés célestes,
Répondez : quel est donc ce fantôme cruel ?
Est-ce un dieu des enfers, ou l'ombre d'un mortel ?
Quel pouvoir a brisé l'éternelle barrière
Dont le ciel sépara l'enfer & la lumière ?
Les mânes des humains, malgré l'arrêt du sort,
Peuvent-ils revenir du séjour de la mort ?

LE GRAND-PRETRE.

Oui ; du ciel quelquefois la justice suprême
Suspend l'ordre éternel établi par lui-même :
Il permet à la mort d'interrompre ses loix,
Pour l'effroi de la terre & l'exemple des rois.

ERIPHILE.

Hélas, lorsque le ciel à vos autels m'entraîne ;
Et d'un second hymen me fait subir la chaîne,
M'annonce-t-il la mort, ou défend-il mes jours ?
S'arme-t-il pour ma perte, ou bien pour mon secours ?
Que veut cet habitant des ténébreux abîmes ?
Que vient-il m'annoncer ?

LE GRAND-PRETRE *sortant.*

Il vient punir les crimes.

SCENE

## SCENE III.

### ERIPHILE, ZELONIDE.

ERIPHILE.

QUELLE réponſe, ô Ciel, & quel préſage affreux !

ZELONIDE.

Ce jour ſemblait pour vous, des jours, le plus heureux :
Des tyrans de ces lieux l'audace eſt confondue :
Par les mains d'Alcméon la paix vous eſt rendue :
Ces princes qui briguaient l'empire & votre main, *
D'un mot de votre bouche, attendent leur deſtin.

ERIPHILE.

Le bras d'Alcméon ſeul a fait tous ces miracles.

ZELONIDE.

Le deſtin, à vos vœux, ne mettra plus d'obſtacles.
Songez à votre gloire ; à tous ces rois rivaux ;
A l'hymen qui, pour vous, rallume ſes flambeaux.

ERIPHILE.

Moi, rallumer encor ces flammes déteſtées !
Moi porter aux autels des mains enſanglantées !

---

* Vous étiez libre enfin.

ERIPHILE.

La liberté, la paix,
Dans mon cœur déchiré ne rentreront jamais.

ZELONIDE.

Aujourd'hui cependant, maitreſſe de vous même,
Vous pouvez diſpoſer de vous, du diadéme.

Moi, choisir un époux ! Ce nom cher & sacré,
Par ma faiblesse horrible, est trop déshonoré.
Qu'on détruise à jamais ces pompes solemnelles.
Quelles mains s'uniraient à mes mains criminelles ?
Je ne puis,

ZELONIDE.

Rassurez votre cœur éperdu :
Hermogide bientôt. . . . .

ERIPHILE.

Quel nom prononces-tu !
Hermogide, grands Dieux ! Lui, de qui la furie
Empoisonna le cours de ma fatale vie !
Hermogide ! Ah, sans lui, sans ses { barbares / coupables } feux,
Mon cœur, mon triste cœur, eût été vertueux !

ZELONIDE.

Quel trouble vous saisit, quel remords vous tourmente?

ERIPHILE.

Pardonne, Amphiarus, pardonne, ombre sanglante :
Cesse de m'effrayer du sein de ce tombeau :
Je n'ai point, dans tes flancs, enfoncé le couteau :
Je n'ai point consenti. . . . Que dis-je, misérable !

ZELONIDE.

Quoi, vous ! . . . De quels forfaits êtes-vous donc coupable ?

ERIPHILE.

Je n'ai pu jusqu'ici t'avouer tant d'horreurs :
Les malheureux sans peine exhalent leurs douleurs :
Mais, hélas, qu'il en coûte à déclarer sa honte !

ZELONIDE.

Une douleur injuste, un vain effroi vous dompte.

La vertu la plus pure eut toujours tous vos ſoins :
Votre cœur n'aima qu'elle.

ERIPHILE.

Il le voulait au moins.
Tu n'étais pas à moi lorſqu'un triſte hyménée,
Au ſage Amphiarus, unit ma deſtinée ?

ZÉLONIDE.

Vous ſortiez de l'enfance ; & de vos heureux jours
Seize printemps à peine avaient marqué le cours.

ERIPHILE.

C'eſt cet âge fatal & ſans expérience,
Ouvert aux paſſions, faible, plein d'imprudence,
C'eſt cet âge indiſcret qui fit tout mon malheur.
Un traître avait ſurpris le chemin de mon cœur....
Hélas, qui l'aurait cru, que ce fier Hermogide
Race des demi-Dieux, ſorti du ſang d'Alcide,
Sous l'appas d'un amour ſi tendre, ſi flatteur,
Des plus noirs ſentimens cachât la profondeur !
On lui promit ma main. Ce cœur faible & ſincère,
Dans ſes rapides vœux ſoumis aux loix d'un père,
Trompé par ſon devoir, & trop tôt enflammé, *
Brûlait pour un barbare indigne d'être aimé ;

---

* D'un autre hymen alors on m'impoſa la loi :
On demande mon cœur ; il n'étoit plus à moi.

† Il fallut étouffer ma paſſion naiſſante ;
D'autant plus forte en moi, qu'elle étoit innocente :
Que la main de mon père avoit formé nos nœuds :
Que mon ſort, en changeant, ne changeait point mes feux :
Et que le fier devoir, armé pour me contraindre,

Et, lorſqu'à l'oublier on voulut me contraindre,
Mes feux trop allumés ne pouvaient plus s'éteindre.
Amphiarus parut & changea mon deſtin :
Il obtint de mon père & l'empire & ma main.

---

Les ayant allumés, eut peine à les éteindre.
Cependant tu le ſais ; Athènes, Sparte, Argos,
Envoyèrent à Thèbe un peuple de héros,
Mon époux y courut. Le jaloux Hermogide
S'éloigna ſur ſes pas des champs de l'Argolide.
Je reçus ſes adieux. Ô funeſtes momens,
Cauſe de mes malheurs, ſource de mes tourmens!
Je crus pouvoir lui dire, en mon déſordre extrême,
Que je ſerais à lui, ſi j'étais à moi-même.
J'en dis trop, Zélonide ; & faible que je ſuis,
Mes yeux, mouillés de pleurs, expliquaient mes ennuis.
De mes ſoupirs honteux je ne fus pas maîtreſſe ;
Même en le condamnant, je flattais ſa tendreſſe.

*Autre changement.*

† Ma paſſion naiſſante aveuglait ma jeuneſſe :
D'autant plus malheureuſe, hélas dans ma faibleſſe,
Que mon cœur abuſé ſe ſentait prévenu
Pour un indigne *amour* * qu'il avait mal connu ;
Et qu'ingrate à l'époux qui ſeul m'auroit dû plaire
Il me fallut combattre un amour adultère !
Objet de mes remords, objet de ma pitié,
] Pourquoi, quand tu partis, quand le traître Hermogide
Te fit abandonner les champs de l'Argolide,
Pourquoi le vis-je alors, trop faible que je ſuis !

*Autre.*

] Hélas, quand tu partis, guidé, par ton audace !
Lorſqu'Hermogide à Thèbe accompagna ta trace,
Pourquoi le vis-je, &c.

* Il faut, je crois, *amant*.

Je l'armai dans ces lieux de ce fer redoutable,
Ce fer sacré des rois, dont une main coupable
Osa depuis.... Hélas, en lui donnant ma foi,
Je lui devais un cœur, il n'était plus à moi !
Ingrate à ce héros, qui seul m'aurait dû plaire,
Je portai dans ses bras une amour étrangère.
Objet de mes remords, objet de ma pitié,
Demi-Dieu, dont je fus la coupable moitié :
Quand tu quittas ces lieux, quand le traître Hermogide
Te fit abandonner les champs de l'Argolide,
Je l'avoue, il est vrai, je ne dûs pas le voir,
Et dûs mieux écouter la loi de mon devoir :
Je dûs cacher au moins ma coupable faiblesse.
Mon front mal déguisé fit parler ma tendresse :
J'avouais ma défaite, en pensant triompher,
J'allumais son espoir, que je crus étouffer.
L'aveugle ambition dont il brûlait dans l'ame,
De son fatal amour, empoisonnait la flamme ;
Il entrevit le trône ouvert à ses désirs :
Il expliqua mes pleurs, mes discours, mes soupirs,
Comme un ordre secret que ma timide bouche
Hésitait de prescrire à sa rage farouche....
Je t'en ai dit assez.... & mon époux est mort. *

ZELONIDE.

Le roi, dans un combat, vit terminer son sort.

ERIPHILE.

Argos le croit ainsi ; mais une main impie,

---

* Enfin le Roi périt, & j'ai causé sa mort.

Ou plutôt ma foibleſſe a terminé ſa vie :
Hermogide en ſecret l'immola ſous ſes coups.
Le cruel, tout couvert du ſang de mon époux,
Vint, armé de ce fer inſtrument de ſa rage, *
Qui des droits à l'empire était l'auguſte gage ;
Et d'un aſſaſſinat pour moi ſeule entrepris,
Au pied de nos autels, il demanda le prix.
Grands Dieux, qui m'inſpirez mes remords légitimes,
Mon cœur, vous le ſavez, n'eſt point fait pour les cri-
mes ;
Il eſt né vertueux ! .... Je vis avec horreur
Le coupable ennemi qui fut mon ſéducteur.
Je déteſtai { le trône / l'amour } & { l'amour / l'empire } & la vie.

ZÉLONIDE.

Eh, ne pouviez-vous pas punir ſa barbarie ?
Etiez-vous ſourde au cri de ce ſang innocent ?

ÉRIPHILE.

Celui qui le verſa fut toujours trop puiſſant :
Et ſon habileté, ſécondant ſon audace :
De ce crime aux mortels a dérobé la trace.
Je ne ſus que pleurer, me taire & le haïr ;
Mais le ciel à l'inſtant s'arma pour me punir.
La main des Dieux, ſur moi toujours appeſantie,
Opprima mes ſujets, perſécuta ma vie.
Les princes de Serra, d'Elide & de Pilos,
Se diſputaient mon cœur & l'empire d'Argos.

---

* *Etalant* à mes yeux ſon crime & ſa tendreſſe,
Vint comme à ſa complice *étaler* ſa promeſſe.

De nos chefs divisés les brigues & les haines
De l'état qui chancelle embarassoient les rênes :
Plus terrible qu'eux tous, plus grand, plus dangereux,
Sûr de ses droits au trône, & fier de ses aïeux,
Mêlant à ses forfaits la force & le courage,
Et briguant à l'envi ce sanglant héritage,
Le barbare Hermogide a disputé contre eux
Et le prix de son crime, & l'objet de ses feux.
Sur mon hymen alors, sur le sort de la guerre,
Je consultai la voix du maître du tonnerre :
A sa divinité, dont ces lieux sont remplis,
J'offris en frémissant mon encens & mes cris.
Sans doute tu l'appris cet oracle funeste ;
Ce triste avant-coureur du châtiment céleste ;
Cet oracle me dit de ne choisir un roi
Que quand deux rois vaincus fléchiraient devant moi
Mais qu'alors, d'un époux vengeant le sang qui crie
Mon fils, mon propre fils, m'arracherait la vie.

ZÉLONIDE.

Juste ciel, eh, que faire en cette extrêmité !

ERIPHILE.

Jamais mon triste cœur ne fut plus tourmenté.
Je chérissais mon fils ; la crainte & la tendresse
De mes sens désolés partageaient la faiblesse :
Mon fils me consolait de la mort d'un époux ;
Mais il falloit le perdre ou mourir par ses coups.
Trop de crainte peut-être, & trop de prévoyance,
M'ont fait justement éloigner son enfance :
Je n'osais ni trancher ni sauver ses destins :

J'abandonnai ſon ſort à d'étrangères mains :
Il mourut pour ſa mère, & ma bouche infidelle
De ſon trépas ici répandit la nouvelle.
Je l'arrachai pleurant de mes bras maternels. . . .
Quelle perte, grands Dieux, & quels deſtins cruels !
J'ôte à mon fils le trône, à mon époux la vie ;
Et ma ſeule faibleſſe a fait ma barbarie.
Zélonide, à tes yeux mon ſort eſt dévoilé.
Tu vois de quelle horreur mon eſprit eſt troublé.
Alcméon, ſur deux rois, remporte la victoire ;
Mon hymen, de ce jour, doit ſignaler la gloire :
Mais les feux préparés pour cet hymen nouveau
Vont éclairer ma mort & parer mon tombeau.

## SCENE IV.

### ERIPHILE, ZÉLONIDE, POLÉMON.

ERIPHILE.

EH bien, cher Polémon, que venez-vous me dire?

POLÉMON.

J'apporte à vos genoux les vœux de { cet / tout l' } empire :
Son ſort dépend de vous : le don de votre foi
Fait la paix de la Grèce & le bonheur d'un roi.
Ce long retardement à vous-même funeſte,
De nos diviſions peut ranimer le reſte.
Euriale & Tidée, & ces rois repouſſés,
Vaincus par Alcméon, ne ſont point terraſſés :
Dans Argos, incertain quel roi ſera ſon maître,

Hermogide est puissant, son parti peut renaître :
Il se plaint, il murmure ; & prompt à s'alarmer,
Bientôt, malgré vous-même, il le pourroit nommer.
Veuve d'Amphiarus, & digne de ce titre,
De ces grands différends & la cause & l'arbitre
Reine, daignez d'Argos accomplir les souhaits :
Que le droit de régner soit un de vos bienfaits ;
Que votre voix décide ; & que cet hyménée
De la Grèce & de vous règle la destinée.

ERIPHILE.

Pour qui penche ce peuple ?

POLÉMON.

Il attend votre choix :
Mais on sait qu'Hermogide est du sang de nos rois :
Du souverain pouvoir il est dépositaire ;
Cet hymen à l'Etat semble être nécessaire.

ERIPHILE.

On veut que je l'épouse, & qu'il soit votre roi ?

POLÉMON.

Madame, avec respect on suivra votre loi :
Prononcez, un seul mot réglera nos hommages.

ERIPHILE.

Mais, du peuple, Hermogide a-t-il tous les suffrages ?

POLÉMON.

S'il faut parler, Madame, avec sincérité ;
Ce prince est, dans ces lieux, moins cher que redouté ;
On croit qu'à son hymen il vous faudra souscrire :
Mais, madame, on le croit plus qu'on ne le désire.

ERIPHILE.

Alcméon ne vient point : l'a-t-on fait avertir ?

POLEMON.

Déja du camp, Madame, il aura dû partir.

ERIPHILE.

Ce n'est qu'en sa vertu que j'ai quelque espérance :
Puisse-t-il, de sa reine, embrasser la défense !
Puisse-t-il me sauver de tous mes ennemis !
O Dieux de mon époux, & vous, Dieux de mon fils,
Prenez de cet état les rênes languissantes !
Remettez-les vous même en des mains innocentes !
Ou, si dans ce grand jour il faut me déclarer,
Conduisez donc mon cœur, & daignez m'inspirer !

*Fin du premier Acte.*

# ACTE II.

## SCENE PREMIERE.

ALCMÉON, THÉANDRE.

THÉANDRE.

Alcméon, j'ai pitié de voir tant de faiblesse :
L'erreur qui vous séduit, la douleur qui vous presse,
De vos désirs secrets l'orgueil présomptueux
Eclate malgré vous & parle dans vos yeux ;
Et j'ai tremblé cent fois que la reine offensée
Ne punit, de vos vœux, la fureur insensée.
Qui, vous ! jeter sur elle un œil audacieux !
Vous cherchez à vous perdre. Ah, jeune ambitieux,
Faut-il vous voir ôter, par vos fougueux caprices,
L'honneur de vos exploits ; le fruit de vos services :
Le prix de tant de sang versé dans les combats !

ALCMÉON.

Cher ami, pardonnez : je ne me connais pas....
La reine, oui je l'avoue ; oui, sa fatale vue
Porte au fond de mon ame une atteinte inconnue.
Je ne veux point voiler à vos regards discrets
L'erreur de mon jeune âge & mes troubles secrets,
Je vous dirai bien plus : l'aspect du diadême
Semble emporter mon ame au-delà de moi-même.

J'ignore pour quel roi mon bras a triomphé.
Mais, pressé d'un dépit avec peine étouffé,
A mon cœur étonné c'est un secret outrage
Qu'un autre emporte ici le prix de mon courage:
Que le trône ébranlé dont je fus le rempart
Dépende d'un coup d'œil; ou se donne au hasard.
Que dis-je, hélas, peut-être est-il le prix du crime!
Mais non; n'écoutons point le transport qui m'anime:
Bannissons loin de moi ce funeste soupçon
Qui règne en mon esprit, & trouble ma raison.
Ah, si la vertu seule, & non pas la naissance!...

THÉANDRE.

Ecoutez. J'ai moi-même élevé votre enfance:
Souffrez-moi quelquefois, généreux Alcméon,
L'autorité d'un père aussi bien que le nom.
Vous passez pour mon fils: la fortune sévère,
Inégale en ses dons, pour vous marâtre & mère,
De vos jours conservés voulut mêler le fil
De l'éclat le plus grand & du sort le plus vil.
J'ai, d'un secret profond, couvert votre origine:
Mais vous la connaissez: & cette ame divine,
Du haut de sa fortune, & parmi tant d'éclat,
Devrait baisser les yeux sur son premier état.
Gardez que quelque jour cet orgueil téméraire
N'attire sur vous-même une triste lumière
N'éclaire enfin l'envie; & n'offre à l'univers,
Sous vos lauriers pompeux, la honte de vos fers.

ALCMÉON.

Ah, c'est ce qui m'accable, & qui me désespère

Il faut rougir de moi, trembler au nom d'un père;
Me cacher par faiblesse aux moindres citoyens;
Et reprocher ma vie à ceux dont je la tiens.
Préjugé malheureux, éclatante chimère,
Que l'orgueil inventa, que le faible révère;
Par qui j'ai vu languir le mérite abattu
Aux pieds d'un prince indigne ou d'un grand sans vertu!
Les mortels sont égaux : ce n'est point la naissance,
C'est la seule vertu qui fait leur différence;
C'est elle qui met l'homme au rang des demi-Dieux :
Et qui sert son pays n'a pas besoin d'aïeux :
Princes, rois, la fortune a fait votre partage!
Mes grandeurs sont à moi : mon sort est mon ouvrage;
Et ces fers si honteux, ces fers où je naquis,
Je les ai faits porter aux mains des ennemis.
Je n'ai plus rien du sang qui m'a donné la vie :
Il a, dans les combats, coulé pour la patrie.
Je vois ce que je suis, & non ce que je fus;
Et crois valoir au moins des rois que j'ai vaincus.

THÉANDRE.

Alcméon, croyez-moi; l'orgueil qui vous inspire,
Que je dois condamner, & que pourtant j'admire,
Ce prince éclatant de tant d'exploits fameux,
En vous rendant si grand, vous fait trop malheureux.
Pliez à votre état ce fougueux caractère *

---

* Quand vous seriez mon fils, que pourriez-vous prétendre?
D'un sang peu glorieux le Ciel m'a fait descendre;
Et sans Corébe ou moi n'offre à votre fierté
Que de l'ignominie ou de l'obscurité.

Qui, d'un brave guerrier, ferait un téméraire :
C'est un des ennemis qu'il vous faut subjuguer :
Né pour servir le trône, & non pour le briguer,
Sachez vous contenter de votre destinée :
D'une gloire assez haute elle est environnée :
N'en recherchez point d'autre.... Eh, qui sait si les Dieux,
Qui, toujours sur vos pas ont attaché leurs yeux,
Qui, pour venger Argos & pour calmer la Grèce,
Ont voulu vous tirer du sein de la bassesse,
N'ont point encore sur vous quelques secrets desseins!
Peut-être leur vengeance est mise entre vos mains.
Le sang de votre roi, dont la terre est fumante,
Elève encore au ciel une voix gémissante ;
Sa voix est entendue ; & les Dieux aujourd'hui,
Contre ses assassins se déclarent pour lui :
Le Grand-prêtre déja voit la foudre allumée,
Qui se cache à vos yeux dans les airs enfermée.
Enfin que feriez-vous, si les arrêts du Ciel
Vous pressaient de punir un monstre si cruel ?
Si, chargé malgré vous de leur ordre suprême,
Vous vous trouviez entre eux & la reine elle-même ?
S'il vous fallait choisir ?

## SCENE II.

ALCMÉON, THÉANDRE, POLÉMON.

POLÉMON.

La reine, en ce moment,
Vous mande de l'attendre en cet appartement:
Elle vient. Il s'agit du ſalut de l'impire.

THÉANDRE.

Prête à choiſir un roi, qu'aurait-elle à lui dire?
D'Amphiarus, ô Dieux, daignez vous ſouvenir!

ALCMÉON.

Pour la dernière ſois je vais l'entretenir.

## SCENE III.

ERIPHILE, ALCMÉON, ZÉLONIDE.

ERIPHILE

C'est à vous, Alcméon; c'eſt à votre victoire
Qu'Argos doit ſon bonheur, Eriphile ſa gloire:
C'eſt par vous que, maîtreſſe & du trône & de moi,
Dans ces murs relevés je puis choiſir un roi.
Mais, prête à le nommer, ma juſte prévoyance
Veut s'aſſurer ici de votre obéiſſance.
J'ai de nommer un roi, le dangereux honneur:
Faites plus, Alcméon, ſoyez ſon défenſeur.

ALCMÉON.

D'un prix trop glorieux ma vie eſt honorée :
A vous ſervir, Madame, elle fut conſacrée ;
Je vous devais mon ſang ; & quand je l'ai verſé,
Puiſqu'il coulait pour vous je fus récompenſé.
Mais telle eſt de mon ſort la dure violence,
Qu'il faut que je vous trompe ou que je vous offenſe.
Reine, je vais parler. Des rois humiliés
Briguent votre ſuffrage & tombent à vos pieds :
Tout vous rit : que pourrais-je, en ce ſéjour tranquille,
Vous offrir, qu'un vain zèle & qu'un bras inutile !
Laiſſez-moi fuir des lieux où le deſtin jaloux
Me ferait malgré moi trop coupable envers vous.

ÉRIPHILE.

Vous, me quitter, ô Dieux ! Dans quel tems !

ALCMÉON.

Les orages
Ont ceſſé de gronder ſur ces heureux rivages :
Ma main les écarta. La Grèce en ce grand jour,
Va voir enfin l'hymen ; & peut-être l'amour,
Par votre auguſte voix nommer un nouveau maître :
Reine jusqu'aujourd'hui, vous avez pu connoitre
Quelle fidélité m'attachait à vos loix :
Quel zèle inaltérable échauffait mes exploits,
J'eſpérais à jamais vivre ſous votre empire :
Mes vœux pourraient changer : & j'oſe ici vous dire
Que cet heureux époux, ſur le trône monté,
Eprouverait en moi moins de fidelité ;

Et

Et qu'un ſujet ſoumis, dévoué, plein de zèle;
Peut-être en d'autres lieux deviendrait un rebelle.

ERIPHILE.

Vous me quitter! * Faut-il, quand je vous donne un roi
Que les cœurs vertueux ſe détachent de moi!
Que craignez-vous? Parlez; il faut ne me rien taire.

ALCMÉON.

Je ne dois point lever un regard téméraire
Sur les ſecrets du trône, & ſur les nouveaux nœuds
Préparés par vos mains pour un roi trop heureux:
Mais de ce jour enfin la pompe ſolemnelle,
De votre choix au peuple, annonce la nouvelle.
Ce ſecret dans Argos eſt déja répandu.
Princeſſe, à cet hymen on s'étoit attendu:
Ce choix ſans doute eſt juſte, & la raiſon le guide: †
Mais je ne ſerai point le ſujet d'Hermogide.
Voilà mes ſentimens: & mon bras aujourd'hui,
Ayant vaincu pour vous, ne peut ſervir ſous lui.
Puniſſez ma fierté, d'autant plus condamnable,
Qu'ayant oſé paraître elle eſt inébranlable.

ERIPHILE.

Alcméon, demeurez.... J'atteſte ici les Dieux;
Ces Dieux qui ſur le crime ouvrent toujours les yeux,

---

* Eh quoi, pouvez-vous donc penſer
Qu'Ériphile à vous récompenſer?

† On ne s'étonne point que l'heureux Hermogide
L'emporte ſur les rois de Pilos & d'Elide:
Il eſt du ſang des Dieux & de nos premiers rois:
Puiſſe-t-il mériter l'honneur de votre choix!

Qu'Hermogide jamais ne sera votre maître.
Sachez que c'est à vous à l'empêcher de l'être ;
Et contre ses rivaux, & sur-tout contre lui,
Songez que votre reine implore votre appui.

ALCMÉON.

Qu'entends-je ! Ah, disposez de mon sang, de ma vie !
Que je meure à vos pieds, en vous ayant servie !
Que ma mort soit utile au bonheur de vos jours !

ERIPHILE.

C'est de vous seul ici que j'attends du secours.
Allez ; assurez-vous des soldats dont le zèle
Se montre à me servir plus prompt & plus fidèle :
Que, de tous vos amis, ces murs soient entourés :
Qu'à tout événement leurs bras soient préparés.
Dans l'horreur où je suis, sachez que je suis prête
A marcher, s'il le faut, & mourir à leur tête.
Allez.

## *SCENE IV.*

ERIPHILE, ZÉLONIDE.

ZÉLONIDE.

QUE faites-vous ? Quel est votre dessein ?
Que veut cet ordre affreux ?

ERIPHILE.

Ah, je succombe enfin !
Dieux, comme en lui parlant mon ame déchirée,
Par des nœuds inconnus, se sentait attirée !

De quels charmes ſecrets mon cœur eſt combattu!
Quel état! Achevons ce que j'ai réſolu.
Je le veux : étouffons ces indignes alarmes.

ZÉLONIDE.

Vous parlez d'Alcméon, & vous verſez des larmes!
Que je crains qu'en ſecret une fatale erreur ! . . .

ERIPHILE.

Ah, que jamais l'amour ne rentre dans mon cœur!
Il m'en a trop coûté : que ce poiſon funeſte,
De mes jours languiſſans, n'accable plus le reſte!
Jours toujours malheureux, vous ne fûtes remplis
Qu'à pleurer mon époux, qu'à regretter mon fils :
Leur ſouvenir fatal à toutes mes promeſſes. . . . .
Malheureuſe, eſt-ce à toi d'éprouver des faibleſſes!
Ce cœur plein d'amertume, eſt-il fait pour aimer!
Ah! ce ſeul Hermogide avait ſu me charmer.

ZÉLONIDE.

Pourquoi donc, à ſon nom, redoublez-vous vos plaintes!
Pardonnez à mon zèle, & permettez mes craintes :
Songez que ſi l'amour décidait aujourd'hui. . . . .

ERIPHILE.

Non, ce n'eſt point l'amour qui m'entraîne vers lui :
Non, un Dieu plus puiſſant me contraint à me rendre :
L'amour n'eſt point ſi pur, l'amour n'eſt point ſi tendre:
Non ; plus je m'examine, & plus j'oſe approuver
Les ſentimens ſecrets qui m'ont ſu captiver.
Ce n'eſt point par les yeux que mon ame eſt vaincue.
Ne crois pas qu'à ce point, de mon rang deſcendue,
Ecoutant de mes ſens le charme empoiſonneur,

Je donne à la beauté le prix de la valeur :
Je chéris la vertu ; j'aime ce que j'admire.

ZÉLONIDE.

Eh quoi, vous oferiez le nommer à l'empire ? *

ERIPHILE.

Peut-être entre fes mains le fceptre étant remis
Deviendrait refpectable à nos Dieux ennemis.
Mais une loi plus fimple & m'éclaire & me guide :
Je chéris Alcméon, je détefte Hermogide ;
Et je vais rejetter en ce funefte jour,
Les confeils de la haine & la voix de l'amour.
Nature ; dans mon cœur fi longtems combattue,
Sentimens partagés d'une mère éperdue,
Tendre reffouvenir d'amour de mon devoir,
Reprenez fur mon ame un abfolu pouvoir.
Moi, régner ! moi, bannir l'héritier véritable ;
Le fceptre enfanglanté pefe à ma main coupable.
Réparons tout ; allons... Et vous, Dieux, dont je fors,
Pardonnez des forfaits moindres que mes remords !

ZÉLONIDE.

Madame, quelqu'un vient.

ERIPHILE.

O Dieux, c'eft Hermogide !

---

* Préférer à des rois un fimple citoyen ?
Déshonorer le trône ?

ERIPHILE.

Il en eft le foutien ;
Et le fang dont il eft, fût-il plus vil encore,
Je ne vois point de rang qu'Alcméon déshonore.

## SCENE V.

ERIPHILE, HERMOGIDE, ZÉLONIDE, EUPHORBE.

HERMOGIDE.

MADAME, je ſens trop le tranſport qui vous guide:
Je vois que votre cœur ſait peu diſſimuler:
Mais les momens ſont chers; & je dois vous parler.
Souffrez de mon reſpect un conſeil ſalutaire.
Votre deſtin dépend du choix qu'il vous faut faire.
Je ne viens point ici rappeller des ſermens
Dictés par votre père, effacés par le temps;
Mon cœur, ainſi que vous, doit oublier, madame,
Les jours infortunés d'une inutile flamme;
Et je rougirais trop, & pour vous & pour moi,
Si c'était à l'amour à nous donner un roi.
Un ſentiment plus digne & de l'un & de l'autre
Doit gouverner mon ſort & commander au vôtre.
Vos aïeux & les miens; les Dieux dont nous ſortons;
Cet état périſſant, ſi nous nous diviſons;
Le ſang qui nous a joints; l'intérêt qui nous lie,
Nos ennemis communs, l'amour de la patrie;
Votre pouvoir, le mien, tous deux à redouter;
Ce ſont là les conſeils qu'il vous faut écouter.
Banniſſez pour jamais un ſouvenir funeſte:
Le préſent nous appelle; oublions tout le reſte:
Le paſſé n'eſt plus rien. Maître de l'avenir.

Le grand art de régner doit ſeul nous réunir.
Les plaintes, les regrets, les vœux ſont inutiles: *
C'eſt par la fermeté qu'on rend les Dieux faciles.
Ce fantôme odieux qui vous trouble en ce jour, †
Qui naquit de la crainte & l'enfante à ſon tour,
Doit-il nous alarmer par tous ſes vains preſtiges!
Pour qui ne les craint point il n'eſt point de prodiges.
Ils ſont l'appas groſſier des peuples ignorans:
L'invention du fourbe, & le mépris des grands.
Penſez en roi, madame; & laiſſez au vulgaire,
Des ſuperſtitions, le joug imaginaire.

ERIPHILE.

Quoi, vous!....

HERMOGIDE.

Encore un mot, madame, & je me tais.
Le ſeul bien de l'état doit remplir vos ſouhaits.
Vous n'avez plus les noms & d'épouſe & de mère;
Le ciel vous honora d'un plus grand caractère;
Vous régnez: mais ſongez qu'Argos demande un roi.
Vous avez à choiſir, vos ennemis ou moi:
Moi, né près de ce trône; & dont la main ſanglante
A ſoutenu quinze ans ſa grandeur chancelante:
Moi, dis-je, ou l'un des rois ſans force & ſans appui,

---

* Et, pour un choix ſi grand, j'attends de vous, madame,
Les vertus d'un roi, non les pleurs d'une femme.

† Devons-nous redouter un fantôme odieux!
Vivant, je l'ai vaincu; mort, eſt-il dangereux!
D'un œil indifférent voyons ces vains prodiges;
Que peuvent contre nous les morts & leurs preſtiges!

Que mon lieutenant ſeul a vaincus aujourd'hui.
Je me connais; je ſais que, blanchi ſous les armes,
Ce front triſte & ſévère a pour vous peu de charmes :
Je ſais que vos appas, encor dans leurs printemps,
Devraient s'effaroucher de l'hiver de mes ans :
Mais la raiſon d'état connoît peu les caprices :
Et de ce front guerrier les nobles cicatrices
Ne peuvent ſe couvrir que du bandeau des rois.
Vous connaiſſez mon rang, mes attentats, mes droits ;
Sachant ce que j'ai fait, & voyant où j'aſpire,
Vous me devez, madame, ou la mort ou l'empire.
Quoi, vos yeux ſont en pleurs, & vos eſprits troublés!..

ERIPHILE.

Non, ſeigneur, je me rends : mes deſtins ſont réglés :
On le veut; il le faut; ce peuple me l'ordonne :
C'en eſt fait; à mon ſort, ſeigneur, je m'abandonne.
Vous, lorſque le ſoleil deſcendra dans les flots,
Trouvez-vous dans le temple avec les chefs d'Argos.
A mes aïeux, à vous, je vais rendre juſtice;
Et prétends qu'à mon choix l'univers applaudiſſe :
Et vous pourrez juger ſi ce cœur abattu
Sait conſerver la gloire & connaît la vertu.

HERMOGIDE.

Mais, madame, voyez....

ERIPHILE.

Dans mon inquiétude,
Mon eſprit a beſoin d'un peu de ſolitude :
Mais, juſqu'à ces momens que mon ordre a fixés,
Si je ſuis reine encor, ſeigneur obéiſſez.

## SCENE VI.

HERMOGIDE, EUPHORBE.

HERMOGIDE.

Demeure. Ce n'eſt pas au gré de ſon caprice
Qu'il faut que ma fortune & que mon ſort fléchiſſe :
Et je n'ai pas verſé tout le ſang de mes rois
Pour dépendre aujourd'hui du hazard de ſon choix.
Parle ; as-tu diſpoſé cette troupe intrépide ;
Ces compagnons hardis du deſtin d'Hermogide ?
Contre la reine même oſent-ils me ſervir ?

EUPHORBE.

Pour vos intérêts ſeuls ils ſont prêts à périr.

HERMOGIDE.

Je ſaurai me ſauver du reproche & du blâme
D'attendre, pour régner, les bontés d'une femme.
Je fus quinze ans ſans maître à ne pas obéir :
Le fruit de tant de ſoins eſt lent à recueillir ;
Mais enfin l'heure approche ; & c'étoit trop attendre
Pour ſuivre Amphiarus, ou régner ſur ſa cendre.
Mon deſtin ſe décide : &, ſi le premier pas
Ne m'élève à l'empire, il m'entraine au trépas.
Entre le trône & moi tu vois le précipice :
Allons ; que ma fortune y tombe, ou le franchiſſe.

*Fin du ſecond Acte.*

# ACTE III.

## SCENE PREMIERE.

HERMOGIDE, EUPHORBE.

HERMOGIDE.

Enfin donc voici l'heure où, dans le temple même,
La reine, avec sa main, donne le diadême !
Euphorbe, ou je me trompe, ou de bien des horreurs
Ces dangereux momens sont les avant-coureurs.

EUPHORBE.

Polémon, de sa part, flatte votre espérance.

HERMOGIDE.

Polémon veut en vain tromper ma défiance.

EUPHORBE.

Eh, qui choisir, que vous ! Cet empire aujourd'hui
Demande un bras puissant qui lui serve d'appui...
Que dis-je ! Vous aimez ; & jamais tant de flamme....

HERMOGIDE.

Moi ! Que cette faiblesse ait amolli mon ame !
Hermogide amoureux ! Ah, qui veut être roi,
Ou n'est pas fait pour l'être, ou n'aime rien que soi !
A la reine engagé, je pris sur sa jeunesse
Cet heureux ascendant que les soins, la souplesse,
L'attention, le tems, savent si bien donner

Sur un cœur sans dessein, facile à gouverner;
Le bandeau de l'amour & l'art trompeur de plaire,
De mes vastes desseins, ont voilé le mystère:
Mais de tout tems, crois moi, la soif de la grandeur
Fut le seul sentiment qui régna dans mon cœur.

EUPHORBE.

Tout vous portait au trône; & les vœux de l'armée,
Et la voix de ce peuple & de la renommée,
Et celle de la reine en qui vous espériez.

HERMOGIDE.

Par quels funestes nœuds nos destins sont liés!
Son époux & son fils, privés de la lumière,
Du trône à mon courage entr'ouvraient la barrière,
Quand la main de nos Dieux la ferma sous mes pas.
Je sais que j'eus les vœux du peuple & des soldats;
Mais la voix de ces Dieux, ou plutôt de nos prêtres,
M'a dépouillé quinze ans du rang de mes ancêtres.
Il fallut succomber aux superstitions, *
Qui sont bien plus que nous les rois des nations;
Et le zèle aveuglé d'un peuple fanatique
Fut plus fort que mon bras & que ma politique.

---

* Tel est l'esprit du peuple endormi dans l'erreur:
Un prodige apparent, un pontife en fureur,
Un oracle, une tombe, une voix fanatique
Sont plus forts que mon bras & que ma politique:
Il fallut obéir aux superstitions,
Qui sont bien plus que nous les rois des nations:
Et, loin de les braver, *qui même* avec adresse
De ce peuple aveuglé caressa la faiblesse.

EUPHORBE.

En faveur de vos droits ce peuple enfin s'unit:
Du trône devant vous le chemin s'applanit.
Argos, par votre main fait à la ſervitude,
Long-temps de votre joug prit l'heureuſe habitude.
Nos chefs ſeront pour vous.

HERMOGIDE.

Je compte ſur leur foi,
Tant que leur intérêt les peut joindre avec moi.
L'un d'eux, je l'avouerai, me trouble & m'importune:
Son deſtin qui s'élève étonne ma fortune:
Je le crains malgré moi.

EUPHORBE.

Quoi, le jeune Alcméon,
Ce ſoldat qui vous doit ſa grandeur & ſon nom?

HERMOGIDE.

Oui: ce fils de Théandre, & qui fut mon ouvrage;
Qui, ſous moi, de la guerre a fait l'apprentiſſage;
Maître de trop de cœurs à mon char arrachés,
Au bonheur qui le ſuit les a tous attachés.
Par ſes heureux exploits ma grandeur eſt ternie;
Son aſcendant vainqueur impoſe à mon génie:
Son ſeul aſpect ici commence à m'alarmer:
Je le hais d'autant plus qu'il ſait ſe faire aimer:
Que, des peuples ſéduits, l'eſtime eſt ſon partage:
Sa gloire m'avilit & ſa vertu m'outrage.
Je ne ſais, mais le nom de ce fier citoyen,
*Tout obſcur qu'il eſt*, ſemble égaler le mien:
Et moi, près de ce trône où je dois ſeul prétendre,

J'ai laffé ma fortune à force de l'attendre.
Mon crédit, mon pouvoir adoré fi long-temps,
N'eft qu'un coloffe énorme ébranlé par les ans,
Qui penche vers fa chûte ; & dont le poids immenfe
Veut, pour fe foutenir, la fuprême puiffance. *
Mais du moins en tombant je faurai me venger.

EUPHORBE.

Eh, que prétendez-vous ?

HERMOGIDE.

Ne plus rien ménager :
Déchirer, s'il le faut, le voile heureux & fombre
Qui couvrit jufqu'ici mes projets de fon ombre :
Les juftifier tous par un nouvel effort ;
Par un triomphe illuftre, ou la plus belle mort ;
Et, dans le défefpoir où je vois qu'on m'entraîne,
Ma fureur.... Mais on entre, & j'apperçois la reine.

---

* Crois-tu que d'Alcméon l'orgueil préfomptueux
Jufqu'à ce rang augufte osât porter fes vœux ?
Penfes-tu qu'il afpire à l'hymen de la reine ?

EUPHORBE.

Il n'aura point fans doute une audace fi vaine.
Mais, feigneur, cependant... favez-vous qu'aujourd'hui
Eriphile en fecret a vu Théandre & lui ?
Qu'elle les a quittés les yeux baignés de larmes ?

HERMOGIDE.

Tout m'eft fufpect de lui ; tout me remplit d'alarmes :
Ce feul moment encor il faut la ménager :
Dans un moment je régne, & je vais me venger ;
Tout va fentir ici mon pouvoir & ma haine ;
Je faurai.... Mais on entre, & j'apperçois la reine.

## SCENE II.

ERIPHILE, ALCMÉON, HERMOGIDE,
POLÉMON, EUPHORBE,
Chœur des Argiens.

POLÉMON.

OUI ; ce peuple, madame, & les chefs & les rois !
Sont prêts à confirmer, à chérir votre choix ;
Et je viens en leur nom, préfenter leur hommage
A votre heureux époux, leur maître & votre ouvrage.
Ce jour va, de la Grèce, affurer le repos.

ERIPHILE.

Vous, chefs qui m'écoutez ; & vous, peuples d'Argos,
Qui venez en ces lieux reconnaître l'empire
Du nouveau fouverain que ma main doit élire,
Je n'ai point à choifir, je n'ai plus qu'à quitter
Un fceptre que mes mains n'auraient pas dû porter.
Votre maître eft vivant ; mon fils refpire encore.
Ce fils infortuné, qu'à fa première aurore,
Par un trépas foudain, vous crutes enlevé,
Par l'efclave Corébe en fecret élevé,
Fut porté, fut nourri dans l'enceinte facrée,
Dont le ciel à mon fexe a défendu l'entrée ;
Dans ces terribles lieux qu'ont fouvent habité
Ces Dieux vengeurs, ces Dieux dont je tiens la clarté.
C'eft-là qu'avec Corébe enfermé dès l'enfance
Mon fils, de fon deftin, n'eut jamais connaiffance.

Mon amour maternel, timide & curieux,
A cent fois ſur ſa vie interrogé les Dieux :
Ou leur voix m'a trompée, ou le prince reſpire.
Je remets dans ſes mains mes jours & mon empire.
Je ſais trop que le Dieu, maître éternel des Dieux,
Jupiter, dont l'oracle eſt préſent en ces lieux,
Me prédit, m'aſſura que ce fils ſanguinaire
Porterait le poignard dans le ſein de ſa mère.
Puiſſe aujourd'hui, grand Dieu, l'effort que je me fais
Vaincre l'affreux deſtin qui l'entraîne aux forfaits !
Oui, peuple, je le veux ; oui, le roi va paraître :
Je vais, à le montrer, obliger le Grand-prêtre :
Ce ſecret au grand jour va briller aujourd'hui :
J'ai fait chercher ce prince & Corébe avec lui.
Dans l'état où je ſuis il n'eſt rien que je craigne :
Qu'on me rende mon fils ; qu'il m'immole ; qu'il règne.

HERMOGIDE.

Peuple, chefs, il faut donc m'expliquer à mon tour ;
L'affreuſe vérité va donc paraître au jour.
Ce fils qu'on redemande afin de mieux m'exclure,
Cet enfant dangereux, l'horreur de la nature,
Né pour le parricide, & dont la cruauté
Devait verſer le ſang du ſein qui l'a porté,
Ce fils n'eſt plus : les Dieux ont prévenu ſon crime.

ERIPHILE.

O ciel !

HERMOGIDE.

En ces lieux même on frappa la victime :

Et Corébe & le prince ont ici leur tombeau : *
Il fallut étouffer ce monstre en son berceau :
A la reine, à l'état son sang fut nécessaire :
Les Dieux le demandaient : je servis leur colère :

(*au peuple.*)

Et, si ce sang coupable a coulé sous mes coups, **

---

* Il falloit étouffer ce monstre en son berceau : †
Celui qui l'élevoit le suivit au tombeau :
Dans leurs flancs malheureux je plongeai ce fer même ]
Qu'Amphiarus reçut avec le diadême.
La reine qui m'entend, & que je vois frémir,
Ne doit qu'à moi le jour qu'un fils dût lui ravir.
Mais, après cet aveu nécessaire & funeste,
Il faut, de mon secret, vous déclarer le reste.
Ce trône étoit à moi : ce rang des demi-Dieux,
Défendu par mon bras, fondé par mes aïeux,
Cent fois teint de mon sang, n'attend que moi pour maître
Issu du sang des rois, je vais périr ou l'être.
Amis, suivez mes pas. J'attendrai mon destin
Le diadême au front, & le fer à la main.

*Autre leçon.*

† Et le prince & Corébe ont ici leur tombeau :
J'étouffai malgré moi ce monstre en son berceau ;
J'enfonçai dans ses flancs cette royale épée
Par son père autrefois sur moi-même usurpée ;
Et, soit décret des Dieux, soit pitié, soit horreur,
Je ne pus de son sein tirer le fer vengeur.
Sa dépouille sanglante, en mes mains demeurée,
De cette mort si juste est la preuve assurée.
La reine, qui m'entend, & que je vois frémir,
Me doit au moins le jour qu'un fils dût lui ravir.

** Et vous, si vous osez douter de son destin,
Sachez que sa dépouille est encore en ma main.
J'atteste mes aïeux, & le jour qui m'éclaire,
Que j'immolai le fils pour conserver la mère.

J'ai prodigué le mien pour la Grèce & pour vous:
Argos m'en doit le prix : &, puisqu'il veut un maître,
Seul descendant des rois, je vais périr ou l'être.
Je vous ai tous servis : ce rang des demi Dieux,
Défendu par mon bras, fondé par mes aïeux,
Cent fois teint de mon sang, doit être mon partage:
Je l'attendrai de vous, de moi, de mon courage,
De ces Dieux dont je sors & qui seront pour moi.
Amis, suivez mes pas, & servez votre roi.

## SCENE III.

ERIPHILE, POLÉMON, ALCMÉON, Chœur.

ERIPHILE.

OU suis-je ? De quels traits le cruel m'a frappée !
Mon fils ne serait plus! Dieux, vous m'auriez trompée!
(*à Polémon.*)
Et vous, que j'ai chargé de rechercher son sort ? . . . .

POLÉMON.

On l'ignore en ce temple ; & sans doute il est mort.

ALCMÉON.

Reine, c'est trop souffrir qu'un monstre vous outrage:
Confondez son orgueil, & punissez sa rage :
Tous vos guerriers sont prêts ; permettez que mon bras. . . .

ERIPHILE.

Es-tu lasse, fortune ; est-ce assez d'attentats !
Chère ombre de mon fils. . . & toi cendre sacrée,

Cendre

Cendre de mon époux, de vengeance altérée,
Mânes ſanglans, faut-il que votre meurtrier
Règne ſur votre tombe, & ſoit votre héritier !
Le temps, le péril preſſe : il faut donner l'empire.
Un Dieu, dans ce moment, un Dieu parle & m'inſpire:
Je cède. Je ne puis, dans ce jour de terreur,
Réſiſter à la voix qui s'explique à mon cœur :
C'eſt vous, maître des rois & de la deſtinée,
C'eſt vous qui me forcez à ce grand hyménée....
Alcméon, de ces Dieux ſecondez le courroux....
Seigneur..... vengez mon fils, & le trône eſt à vous.

ALCMEON.

Grande reine, eſt-ce à moi que cet honneur inſigne?..

ERIPHILE.

Ah, quel roi dans la Grèce en ſerait auſſi digne !
Ils n'ont que des aïeux; vous avez des vertus : *
Ils ſont rois; mais c'eſt vous qui les avez vaincus.
C'eſt vous que le ciel nomme, & vous m'allez défendre:
C'eſt vous qui, de mon fils, allez venger la cendre.
Peuple, voilà le roi ſi long-temps attendu;
Qui ſeul vous défendit; qui ſeul vous était dû :
Ce vainqueur de deux rois, prédit par les Dieux même:
Qu'il ſoit digne à jamais de ce ſaint diadème :
Que je retrouve en lui les Dieux qu'on m'a ravis;
Votre appui; votre roi; mon époux & mon fils !

---

* Et, près de vous, enfin que ſont-ils à mes yeux?
Vous avez des vertus; ils n'ont que des aïeux.
J'ai beſoin d'un vengeur, & non pas d'un vain titre :
Régnez; de mon deſtin ſoyez l'heureux arbitre.

## SCENE IV.

ERIPHILE, ALCMEON, POLEMON, THEANDRE, Chœur.

THEANDRE.

QUE faites-vous, madame ; & qu'allez-vous résoudre ?
Le jour fuit, le ciel gronde : entendez-vous la foudre?
De la tombe du roi le pontife a tiré *
Un fer que sur l'autel ses mains ont consacré.
Sur l'autel à l'instant ont paru les furies :
Les flambeaux de l'hymen sont dans leurs mains impies.
Tout le peuple tremblant, dans la cendre couché,
Baisse un front immobile à la terre attaché.

ERIPHILE.

Jusqu'où veux-tu pousser ta fureur vengeresse :
O ciel ! peuples, rentrez. Théandre, qu'on me laisse.
Quel juste effroi saisit mes esprits égarés !
Quel jour pour un hymen !

* Le temple en a tremblé ; l'autel en est détruit.
Amphiarus paraît : de l'éternelle nuit
Il vient couvert de sang ; il conduit les furies.

## SCENE V.

### ERIPHILE, ALCMEON.

ERIPHILE.

AH, ſeigneur, demeurez !
Eh quoi, je vois les Dieux, les enfers, & la terre
S'élever tous enſemble, & m'apporter la guerre !
Mes ennemis, les morts, contre moi déchaînés,
Tout l'univers m'outrage, & vous m'abandonnez !

ALCMEON.

Je vais périr pour vous ; ou punir Hermogide :
Vous ſervir, vous venger, vous ſauver d'un perfide.

ERIPHILE.

Je vous faiſais ſon roi; mais hélas... mais, ſeigneur...
Arrêtez ; connaiſſez mon trouble & ma douleur : *
L'effroi, la mort, le ſang ; le crime m'environne :
J'ai cru les écarter en vous plaçant au trône :
J'ai cru même appaiſer ces mânes en courroux ;
Ces mânes ſoulevés de mon premier époux.
Hélas, combien de fois, de mes douleurs preſſée,
Quand le ſort de mon fils accablait ma penſée,
Et qu'un léger ſommeil venait enfin couvrir
Mes yeux trempés de pleurs & laſſés de s'ouvrir,
Combien de fois les Dieux ont ſemblé me preſcrire

* Voyez mon déſeſpoir, & connoiſſez mon cœur.

De vous donner ma main, mon cœur & mon empire !
Mais, dans ce même instant par eux déterminé,
Où vous montez au trône à mon fils destiné,
Le ciel & les enfers alarment mon courage ;
Je vois les Dieux armés condamner leur ouvrage :
Et vous seul m'inspirez plus d'horreur & d'effroi
Que le Ciel & les morts irrités contre moi.
Je tremble en vous donnant ce sacré diadème :
Ma bouche, en fremissant, prononce je vous aime :
D'un pouvoir inconnu l'invincible ascendant
M'entraine ici vers vous, m'en repousse à l'instant ;
Et par un sentiment que je ne puis comprendre,
Mêle une horreur affreuse à l'amour le plus tendre.

ALCMEON.

Quels momens ! quel mélange, ô Dieux qui m'écoutez ;
D'étonnement, de trouble, & de félicités !
L'orgueil de vous aimer, le bonheur de vous plaire,
Vos terreurs, vos bontés, la céleste colère,
Tant de biens, tant de maux, me pressent à la fois,
Que mes sens accablés succombent sous leur poids.
Quoiqu'ébloui du rang que vos bontés m'apprêtent,
C'est sur vos seuls dangers que mes regards s'arrêtent.
C'est pour vous délivrer de ce péril nouveau,
Que votre époux lui-même a quitté son tombeau.
Vous avez, d'un barbare, entendu la menace :
Où ne peut point aller sa criminelle audace !
Souffrez qu'au palais même assemblant vos soldats,
J'assure au moins vos jours contre ses attentats :

Que, du peuple étonné, j'appaiſe les alarmes :
Que, prêts au moindre bruit, mes amis ſoient en armes.
C'eſt en vous défendant que je dois mériter
Le trône où votre choix m'ordonne de monter.

ERIPHILE.

Allez. Je vais au temple, où d'autres ſacrifices
Pourront rendre les Dieux à nos vœux plus propices :
Ils ne recevront point d'un regard de courroux
Un encens que mes mains n'offriront que pour vous.

*Fin du troiſieme Acte.*

# ACTE IV.

## SCENE PREMIERE.

### ALCMEON, THEANDRE.

ALCMEON.

Tout est en sûreté ; le palais est tranquille ;
Et je réponds du peuple & sur-tout d'Eriphile.

THEANDRE.

Pensez plus au péril dont vous êtes pressé :
Il est rival & prince, & de plus offensé :
Il songe à la vengeance ; il la jure ; il l'apprête.
J'entends gronder l'orage autour de votre tête.
Son rang lui donne ici des soutiens trop puissans :
Et ses heureux forfaits lui font des partisans.
Cette foule d'amis, qu'à force d'injustices.....

ALCMEON.

Lui des amis, Théandre ! Il n'a que des complices,
Plus prêts à le trahir que prompts à le venger :
Des cœurs nés pour le crime & non pour le danger.
Je compte sur les miens : la guerre & la victoire
Nous ont long-temps unis par les nœuds de la gloire :
Avant que tant d'honneurs sur ma tête amassés
Traînassent après moi des cœurs intéressés :
Ils sont tous éprouvés, vaillans, incorruptibles :
La vertu qui nous joint nous rend tous invincibles.
Leurs bras victorieux m'aideront à monter

A ce rang qu'avec eux j'appris à mériter.
Mon courage a franchi cet intervalle immenſe
Que met, du trône à moi, mon indigne naiſſance.
L'hymen va me payer du prix de ma valeur :
Je ne vois qu'Eriphile, un ſceptre, & mon bonheur.

THEANDRE.

Mais ne craignez-vous point ces prodiges funeſtes
Qu'étalent à vos yeux les vengeances céleſtes ?
Ces tremblemens ſoudains, ces ſpectres menaçans,
Ces morts, dont le retour eſt l'effroi des vivans ?
D'une timide main ces victimes frappées
Au fer qui les pourſuit dans le temple échappées ?
Ce ſilence des Dieux, garant de leur courroux ?
Tout me fait craindre ici : tout m'afflige pour vous.
Du ciel qui nous pourſuit la vengeance obſtinée
Semble ſe déclarer contre votre hyménée.

ALCMEON.

Mon cœur fut toujours pur, il honora les Dieux :
J'eſpère en leur juſtice ; & je ne crains rien d'eux.
De quel indigne effroi ton ame eſt-elle atteinte !
Ah, les cœurs vertueux ſont-ils nés pour la crainte !
Mon orgueilleux rival ne ſaurait me troubler :
Tout chargé de forfaits, c'eſt à lui de trembler.
C'eſt ſur ſes attentats que mon eſpoir ſe fonde ;
C'eſt lui qu'un Dieu menace : &, ſi la foudre gronde,
La foudre me raſſure ; & le ciel que tu crains,
Pour le mieux écraſer, la mettra dans mes mains.

THEANDRE.

Le ciel n'a pas toujours puni les plus grands crimes ;

Et frappe quelquefois d'innocentes victimes.
Amphiarus fut juste ; & vous ne savez pas
Par quelles mains le ciel a permis son trépas.

ALCMEON.

Hermogide ? . . .

THEANDRE.

Souffrez que laissant la contrainte,
Seigneur, un vieux soldat vous parle ici sans feinte.

ALCMÉON.

Tu sais combien mon cœur chérit la vérité.

THÉANDRE.

Je connais, de ce cœur, toute la pureté.
Des héros de la Grèce imitateur fidèle,
Vous jurez aux forfaits une guerre éternelle :
Vous vous croyez, seigneur, armé pour les venger :
Gardez de les défendre & de les protéger.

ALCMÉON.

Comment, que dites-vous !

THÉANDRE.

Vous êtes jeune encore
A peine avez-vous vu votre premiere aurore,
Quand le roi malheureux descendit chez les morts :
Peut-être ignorez-vous ce qu'on disait alors ;
Et de la cour du roi quel fut l'affreux langage.

ALCMÉON.

Eh bien ?

THÉANDRE.

Je vais vous faire un trop sensible outrage :
Mais je vous trahirais à le dissimuler :
Je vous tiens lieu de père ; & je dois vous parler.

ALCMÉON.

Eh bien, que disait-on? Acheve.

THÉANDRE.

Que la reine
Avait lié son cœur d'une barbare chaîne :
Qu'au coupable Hermogide elle promit sa main :
Et jusqu'à son époux conduisit l'assassin.

ALCMÉON.

Rends grace à l'amitié qui, pour toi m'intéresse :
Si tout autre que toi soupçonnait la princesse ;
Si quelque audacieux avait pu l'offenser....
Mais que dis-je! Toi même as-tu pu le penser ?
Peux-tu me présenter ce poison que l'envie
Répand aveuglement sur la plus belle vie ?
J'ai peu connu la cour ; mais la crédulité
Aiguise ici les traits de la malignité.
Les oisifs courtisans, que les chagrins dévorent,
S'efforcent d'obscurcir les astres qu'ils adorent.
Là, si vous en croyez leur coup-d'œil pénétrant,
Tout ministre est un traitre, & tout prince un tyran :
L'hymen n'est entouré que de feux adultères ;
Le frère, à ses rivaux, est vendu par ses frères ;
Et, si-tôt qu'un grand roi penche sur son déclin,
Ou son fils ou sa femme ont hâté son destin.
Je hais, de ces soupçons, la barbare imprudence :
Je crois que, sur la terre, il est quelque innocence :
Et mon cœur, repoussant ces sentimens cruels,
Aime à juger par lui du reste des mortels.
Qui croit toujours le crime, en parait trop capable.

A mes yeux, comme aux leurs, Hermogide eſt coupable
Lui ſeul a pu commettre un meurtre ſi fatal :
Lui ſeul eſt parricide.

THÉANDRE.

Il eſt votre rival :
Vous écoutez, ſur lui, vos ſoupçons légitimes :
Vous trouvez du plaiſir à déteſter ſes crimes :
Mais un objet plus cher. . . . .

ALCMÉON.

Ah, ne l'outrage plus,
Et garde le ſilence, ou vante ſes vertus !

---

## *SCENE II.*

ERIPHILE, Suite, ALCMÉON, THÉANDRE, ZÉLONIDE.

ERIPHILE.

Roi d'Argos, paraiſſez ; & portez la couronne :
Vos mains l'ont défendue ; & mon cœur vous la donne.
Je ne balance plus ; je mets ſous votre loi
L'empire d'Inachus, & vos rivaux, & moi.
J'ai fléchi, de nos Dieux, les redoutables haines.
Leurs vertus ſont en vous ; leur ſang coule en mes veines
Et jamais ſur la terre on n'a formé des nœuds
Plus chers aux immortels, & plus dignes des Cieux.

ALCMÉON.

Ils liſent dans mon cœur ; ils ſavent que l'empire
Eſt le moindre des biens où mon courage aſpire.
Puiſſe tomber ſur moi leurs plus funeſtes traits,
Si ce cœur infidèle oubliait vos bienfaits !

Ce peuple qui m'entend, & qui m'appelle au temple,
Me verra commander pour lui donner l'exemple;
Et, déja par mes mains instruit à vous servir,
N'apprendra de son roi qu'à vous mieux obéïr.

ERIPHILE.

Enfin la douce paix vient rassurer mon ame:
Dieux, vous favorisez une si pure flamme:
Vous ne rejettez point mon encens & mes voeux!
Suivez mes pas, entrons.

*(Le temple s'ouvre; l'ombre d'Amphiarus parait dans une posture menaçante.)*

L'OMBRE D'AMPHIARUS.

Arrète, malheureux.

ERIPHILE.

Amphiarus! O ciel, où suis-je!

ALCMÉON.

Ombre fatale
Quel Dieu te fait sortir de la nuit infernale?
Quel est le sang qui coule, & quel es-tu? *

L'OMBRE.

Ton roi.
Si tu prétends régner, arrète, obéïs-moi.

---

* Que viens-tu m'annoncer? Quels traits affreux de sang
Dégouttent sur le marbre, & coulent de ton flanc!
Romps le silence, ô mort ou propice ou funeste!
Apportes-tu la haine ou la faveur céleste?
Explique-toi: ce coeur qui ne sait point trembler
Mérite que, du moins, tu daignes lui parler.

ERIPHILE.

Quel regard formidable, & quel courroux l'anime!
Ciel, faut-il tant de fois me punir de mon crime!
Misérable! *(Elle se laisse tomber sur sa confidente.)*

ALCMÉON.

Ombre affreuse, eh, quelle es-tu?

ALCMÉON.

Eh bien, mon bras eſt prêt; parle que faut-il faire?

L'OMBRE.

Me venger ſur ma tombe.

ALCMÉON.

Eh, de qui?

L'OMBRE.

*(le temple ſe referme.)* De ta mère.

ALCMÉON.

Ma mère! Que dis-tu! Quel oracle confus! ....
Mais l'enfer le dérobe à mes yeux éperdus:
Les Dieux ferment leur temple.

THÉANDRE.

O prodige effroyable!

ALCMÉON.

O d'un pouvoir funeſte oracle impénétrable!

ERIPHILE.

A peine ai-je repris l'uſage de mes ſens....
Quel ordre ont prononcé ces horribles accens?
De qui demandent-ils le ſanglant ſacrifice?

ALCMÉON.

Ciel, peux-tu demander que ma mère périſſe!
Madame, le deſtin qui m'a trahi toujours
M'ôta dès mon berceau les auteurs de mes jours.
Théandre juſqu'ici m'a tenu lieu de père:
Je ne ſuis point ſon fils; & je n'ai plus de mère.

ERIPHILE.

Que prétendez-vous donc, mânes trop irrités?

ALCMÉON.

Je commence à percer dans ces obſcurités:

Je commence à ſentir que les deſtins ſont juſtes.
Que je n'étais point né pour ces grandeurs auguſtes:
J'euſſe été trop heureux. Mais ces mânes jaloux,
Du ſein de ces tombeaux, s'élèvent contre nous:
Préviennent votre honte ; & rompent l'hyménée
Dont s'offenſaient les Dieux de qui vous êtes née.

ERIPHILE.

Ah, que me dites-vous! hélas!

ALCMÉON.

Souffrez du moins
Que je puiſſe un moment vous parler ſans témoins.
Pour la dernière fois vous m'entendez peut-être:
Je vous avais trompée, & vous m'allez connaître.

ERIPHILE.

Sortez.... De toutes parts ai-je donc à trembler!

*(Théandre & la ſuite ſortent.)*

ALCMÉON.

Il n'eſt plus de ſecrets que je doive celer.
Connu par ma fortune & par ma ſeule audace,
Je cachais aux humains le malheur de ma race;
Mais je ne me répens, au point où je me vois,
Que de m'être abaiſſé juſqu'à rougir de moi:
Voilà ma ſeule tache & ma ſeule foibleſſe.
J'ai craint tant de rivaux dont la maligne adreſſe
A, d'un regard jaloux, ſans-ceſſe examiné,
Non pas ce que je ſuis, mais de qui je ſuis né:
Et qui, de mes exploits rabaiſſant tout le luſtre,
Penſaient ternir mon nom quand je le rends illuſtre:
J'ai cru que ce vil ſang dans mes veines tranſmis,

Plus pur par mes travaux, était d'affez grand prix ;
Et que, lui préparant une plus digne courfe,
En le verfant pour vous, j'ennobliffais la fource.
Je fis plus : jufqu'à vous on me vit afpirer :
Et, rival de vingt rois, j'ofais vous adorer.
Ce ciel enfin, ce ciel m'apprend à me connaître :
Il veut confondre en moi le fang qui m'a fait naître :
La mort entre nous deux vient d'ouvrir fes tombeaux :
Et l'enfer contre moi s'unit à mes rivaux :
Sous les obfcurités d'un oracle févère,
Les Dieux m'ont reproché jufqu'au fang de ma mère.
Madame, il faut céder à leurs cruelles loix :
Alcméon n'eft pas fait pour fuccéder aux rois.
Victime d'un deftin que même encor je brave,
Je ne m'en cache plus, je fuis fils d'un efclave.

ERIPHILE.

Vous, feigneur !

ALCMÉON.

Oui, madame ; & dans un rang fi bas
Souvenez-vous * qu'enfin je ne m'en cachai pas :
Que j'eus l'ame affez forte, affez inébranlable
Pour faire devant vous l'aveu qui vous accable :
Que ce fang dont les Dieux ont voulu me former
Me fit un cœur trop haut pour ne vous point aimer.

ERIPHILE.

Un efclave !

ALCMÉON.

Une loi fatale à ma naiffance,

---

* Du moins que je n'en rougis pas.

Des plus vils citoyens, m'interdit l'alliance:
J'aſpirai juſqu'à vous dans mon indigne ſort:
J'ai trompé vos bontés; † J'ai mérité la mort:
Mais, du rang que je perds & du cœur que j'adore,
Songez que mon rival eſt plus indigne encore:
Plus haï de nos Dieux; & qu'avec plus d'horreur
Amphiarus en lui verrait ſon ſucceſſeur.
Madame, à mon aveu vous tremblez de répondre!

ERIPHILE.

Quel ſoupçon, quelle horreur vient ici me confondre!
Un eſclave!... ſon âge.... & ſes auguſtes traits.....
Hélas, appaiſez-vous, Dieux, vengeurs des forfaits!
O criminelle épouſe; & plus coupable mère!
Alcméon, dans quel temps a péri votre père?
Quel fut ſon nom? Parlez.

ALCMÉON.

J'ignore encor le nom
Qui ferait votre honte & ma confuſion.

ERIPHILE.

Mais comment mourut-il? Où perdit-il la vie?
En quel temps?

ALCMÉON.

C'eſt ici qu'elle lui fut ravie,
Après qu'aux champs Thébains le céleſte courroux
Eut permis le trépas du prince votre époux.

ERIPHILE.

O crime!

---

† Et ſuis digne de mort.

ALCMÉON.

Hélas! ce fut dans ma plus tendre enfance
Qu'on m'enleva, dit-on, l'auteur de ma naiſſance,
Au pied de ce palais de tant de demi-Dieux,
D'où, juſques ſur ſon fils, vous abaiſſiez les yeux.
Là, près du corps ſanglant de mon malheureux père,
Je fus laiſſé mourant dans la foule vulgaire
De ces vils citoyens, triſte rebus du ſort,
Oubliés dans leur vie, inconnus dans leur mort.
Un prêtre de ces lieux, ſauva mes deſtinées:
Il renoua le fil de mes faibles années:
Théandre m'éleva.... le reſte vous eſt dû:
Vous fites mes grandeurs, & l'orgueil m'a perdu.

ERIPHILE.

M'alarmerais-je en vain!... Mais cet oracle horrible, *
Le lieu, le temps, l'eſclave... O ciel, eſt-il poſſible!
Qu'on cherche le Grand-prêtre... Hélas déja les Dieux,
Soit pitié, ſoit courroux, l'amènent à mes yeux!

---

## SCENE III.

ERIPHILE, ALCMÉON, LE GRAND-PRETRE *une épée à la main.*

LE GRAND-PRETRE.

L'HEURE vient; armez-vous; recevez cette épée: *
Jadis dans votre ſein un traître l'a trempée:
Allez, vengez Argos, Amphiarus & vous.

---

* C'eſt trop m'inquiéter; non, il n'eſt pas poſſible!
Quel trouble cependant, & quel moment terrible!
ou (Quoi, ce fut ici même! Ah, quel moment terrible!
Le lieu, le temps, l'oracle... ô Ciel, eſt-il poſſible!

ERIPHILE.

Que vois-je ! c'est le fer que portait mon époux :
Ce fer sacré des rois, que ravit Hermogide :
Tout me retrace ici le crime & l'homicide.
La force m'abandonne à cet objet affreux.
Parle, qui t'a remis ce dépôt malheureux ?
Quel Dieu te l'a donné ? †

LE GRAND-PRETRE.

Le Dieu de la vengeance.
Voici ce même fer qui frappa votre enfance :
Qu'un cruel, malgré lui ministre du destin, *
Troublé par ses forfaits, laissa dans votre sein.
Le Dieu qui dans son crime épouvante l'impie,
Qui fit trembler son bras, qui sauva votre vie,
Qui commande au trépas ouvre & ferme le flanc,
Venge un meurtre par l'autre, & le sang par le sang,
M'ordonna de garder ce fer toujours funeste,
Jusqu'à l'instant marqué par le courroux céleste.
La voix, l'affreuse voix qui vient de vous parler,
Me conduit devant vous; pour vous, me fait trembler.

ERIPHILE.

Achève, romps le voile, éclaircis le mystère.
Son père, cet esclave ?...

LE GRAND-PRETRE.

Il n'étoit point son père :
Un sang plus noble crie.

---

† Le Dieu dont l'œil perçant s'ouvre sur cet empire ;
Qui vous sauva par moi ; qui vous parle & m'inspire.

* Ce fer, qui du roi même a tranché le destin ;
Ce fer, que j'ai tiré fumant de votre sein.

ERIPHILE.

Ah, seigneur! Ah, mon roi!
Fils d'un héros!

ALCMÉON.

Quels noms vous prodiguez pour moi!

ERIPHILE (*se jettant dans les bras de Zélonide*)

Je ne puis achever.... je me meurs, Zélonide!

LE GRAND-PRETRE *à Alcméon.*

Je laisse entre vos mains ce glaive parricide:
C'est un don dangereux. Puisse-t-il désormais
Ne point servir, grands Dieux, à de plus grands forfaits!

---

## *SCENE IV.*

ERIPHILE, ALCMÉON.

ERIPHILE.

EH bien, ne tarde plus; remplis ta destinée;
Porte le fer sangiant sur cette infortunée:
Etouffe dans mon sang cet amour malheureux
Que dictoit la nature en nous trompant tous deux:
Punis ma cruauté; venge la mort d'un père:
Reconnais-moi, mon fils; frappe, & punis ta mère.

ALCMÉON.

Moi, votre fils, grands Dieux!

ERIPHILE.

C'est toi dont au berceau
Mon indigne faiblesse a creusé le tombeau:
Toi, le fils vertueux d'une mère homicide:
Toi, dont Amphiarus demande un parricide:

Toi, mon ſang, toi, mon fils, que le ſort en courroux,
Sans ce prodige horrible, aurait fait mon époux.

ALCMÉON.

De quel coup ma raiſon vient d'être confondue !
Dieu, ſur elle & ſur moi puis-je arrêter la vue !
Je ne ſais où je ſuis ! Dieux, qui m'avez ſauvé,
Reprenez tout le ſang par vos mains conſervé !
Eſt-il bien vrai, madame ? On a tué mon père ;
Il veut votre ſupplice ; & vous êtes ma mère !

ERIPHILE.

Oui. Je fus ſans pitié : ſois barbare à ton tour ;
Et montre toi mon fils en m'arrachant le jour.
Frappe...Mais quoi, tes pleurs ſe mêlent à mes larmes !
O mon cher fils !... O jour plein d'horreurs & de
charmes !
Avant de me donner la mort que tu me dois,
De la nature encor laiſſe parler la voix :
Souffre au moins que les pleurs de ta coupable mère
Arroſent une main ſi fatale & ſi chère.

ALCMÉON.

Cruel Amphiarus ! Abominable loi !
La nature me parle, & l'emporte ſur toi.
O ma mère !

ERIPHILE *l'embraſſant.*

Mon fils, que le ciel me renvoye !
Je ne méritais pas une ſi pure joie.
J'oublie & mes malheurs & juſqu'à nos forfaits ;
Ceux qu'un Dieu te commande ; & tous ceux que j'ai
faits.

## SCENE V.

ERIPHILE, ALCMÉON, ZÉLONIDE, THÉANDRE.

THÉANDRE.

Seigneur, en ce moment, l'insolent Hermogide,
Suivi jusqu'en ces lieux d'une troupe perfide,
La flamme dans les mains, assiége ce palais.
Déja tout est armé : déja volent les traits.
Nos gardes, rassemblés courent pour vous défendre,
Le sang de tous côtés commence à se répandre.
Le peuple épouvanté, qui s'empresse & qui fuit,
Ne sait si l'on vous sert ou si l'on vous trahit.

ALCMÉON.

O ciel, voilà le sang que ta voix me demande !
La mort de ce barbare est ma plus digne offrande.
Reine, dans ces horreurs cessez de vous plonger :
Je suis l'ordre des Dieux, mais c'est pour vous venger.

*Fin du quatrieme Acte.*

# ACTE V.

## SCENE PREMIERE.

ALCMÉON, THEANDRE, POLÉMON, Soldat.

ALCMÉON.

Vous trahirai-je en tout, ô cendres de mon père !
Quoi, ce fier Hermogide a trompé ma colère !
Quoi, la nuit nous sépare ! & ce monstre odieux
Partage encor l'armée & le peuple & les Dieux !
Retranché dans ce temple, aux autels qu'il prophane,
Tranquille, il y jouit du ciel qui le condamne !
Allez.

POLÉMON.

Eh, qu'avez-vous, seigneur, à ménager ! *
Tous les lieux sont égaux, quand il faut se venger.
Vous régnez sur Argos.

---

* Achevez sa défaite, achevez vos projets ;
Venez, forcez ce traitre.

ALCMEON.

Epargnons mes sujets.
Dèsce moment je règne ; &, de ce moment même,
Comptable aux citoyens de mon pouvoir suprême,
Au péril de mon sang, je veux les épargner :
Je veux, en les sauvant, commencer à régner.
Je leur dois encor plus : je dois le grand exemple
De révérer les Dieux, & d'honorer leur temple.
Je ne souffrirai point que le sang innocent
Souille leur sanctuaire & mon règne naissant.

ALCMÉON.

Argos m'en eſt plus chère:
Avec le nom de roi je prends un cœur de père.
Me faudra-t-il verſer dans mon règne naiſſant,
Pour un ſeul ennemi, tant de ſang innocent?
Eſt-ce à moi de donner le téméraire exemple
D'attaquer les Dieux même; & de ſouiller leur temple?
Ils pourſuivent déja ce cœur infortuné
Qui protége contre eux le ſang dont je ſuis né.
Va, dis-je, Polémon, va: c'eſt de ta prudence
Que ton maître & le peuple attendent leur vengeance.
Agis, parle, promets: que ſur-tout d'Alcméon
Il ne redoute point d'indigne trahiſon:
Fais qu'il s'éloigne au moins de ce temple funeſte;
Rends-moi mon ennemi: mon bras fera le reſte.

(*Polémon ſort. A Théandre.*)

Et vous, de cette enceinte & de ces vaſtes tours
Avez-vous parcouru les plus ſecrets détours?
Du palais de la reine a-t-on fermé les portes?

THÉANDRE.

J'ai tout vu; j'ai par-tout diſpoſé vos cohortes.
Cependant votre mère....

ALCMÉON.

A-t-on ſoin de ſes jours?

THÉANDRE.

Ses femmes en tremblant lui prêtent leurs ſecours:
Elle a repris ſes ſens: ſon ame déſolée
Sur ſes lèvres encore à peine eſt rappellée;
Elle cherchait le jour, le revoit, & gémit;

Elle vous craint, vous aime, elle pleure & frémit. *
Elle va préparer un fecret facrifice
A ces mânes facrés armés pour fon fupplice.
Suppliante & craintive, elle va s'enfermer
Au tombeau de ce roi qu'elle n'ofe nommer,
De ce fatal époux, votre malheureux père,
Dont vous favez....

ALCMÉON.

Je fais qu'elle eft ma mère.

THÉANDRE.

Les Dieux veulent fon fang.

ALCMÉON.

Je ne l'ai point promis.
Cruels, tonnez fur moi, fi je vous obéis!
Le malheur m'environne, & le crime m'affiége:
Je deviens parricide, & me rends facrilège.
Quel choix, & quel deftin!

THÉANDRE.

Dans un tel défefpoir,
Quels confeils déformais pourriez-vous recevoir!

ALCMÉON.

Aucun. Quand le malheur & la honte eft extrême,
Il ne faut prendre, ami, confeil que de foi-même.
Mon père que veux-tu!.. Chère ombre appaife toi! **

---

* Ses yeux verfent des pleurs, & tout fon corps frémit:
Sa voix, par fes fanglots longtems interrompue,
Nomme encore Alcméon, redemande fa vue:
Son défefpoir l'égare; elle va s'enfermer.

* Chère ombre appaife-toi; prends pitié de ton fils;
Arme & foutiens mon bras contre tes ennemis:

Le nom ſacré de fils eſt-il affreux pour moi!
Je t'entends, & ta voix m'appelle ſur ta tombe.
De tous tes ennemis y veux-tu l'hécatombe?
Tu demandes du ſang... J'y cours... Attends; choiſis,
Ou le ſang d'Hermogide, ou le ſang de ton fils.

---

## SCENE II.

### ALCMÉON, THÉANDRE, POLÉMON.

ALCMÉON.

EH bien, l'as-tu revu, cet ennemi farrouche
A lui parler d'accord as-tu forcé ta bouche?
Peut-il bien ſe réſoudre à me voir en ces lieux,
Aux portes de ce temple, à l'aſpect de ces Dieux,
Dans ce parvis ſacré, trop plein de ſa furie,
Dans la place où lui-même attenta ſur ma vie?
Les Dieux le livrent-ils à ma juſte fureur?
Sait-il ce qui ſe paſſe?

POLÉMON.

Il l'ignore, ſeigneur.
Il ne ſoupçonne point quel ſang vous a fait naître:
Il mépriſe ſon prince, & méconnait ſon maître:
Furieux, implacable, à périr préparé;
Et plus fier que le Dieu dans le temple adoré.
Mais enfin il conſent de quitter cet aſyle:
De vous entendre ici; de revoir Eriphile:
Il veut qu'un nombre égal de chefs & de ſoldats,

---

Dans le ſang d'Hermogide (étouffe) (appaiſe) ta colère;
Quoi, de tous les côtés plein d'horreur & d'effroi,
Le nom ſacré de fils eſt horrible pour moi!

Egalement armés, ſuive de loin vos pas.
Il reçoit votre foi, qu'à regret je lui porte:
Il règle votre ſuite, & nomme ſon eſcorte.

ALCMÉON.

Il va paraître?

POLÉMON.

Il vient. Mais a-t-il mérité
Que vous lui conſerviez tant de fidélité?
Doit-on rien aux méchans? Eh, quel reſpect frivole
Expoſe votre ſang!

ALCMÉON.

J'ai donné ma parole.

POLÉMON.

A qui la tenez-vous, à ce perfide!

ALCMÉON.

A moi.

THÉANDRE.

Eh, que prétendez-vous?

ALCMÉON.

Me venger en roi.
Argos, à mes vertus, reconnaîtra ſon maître...
Mais près du temple, amis, ne vois-je pas le traître?

THÉANDRE.

Un Dieu pourſuit ſes pas, & le conduit ici:
Il entre en frémiſſant:

ALCMÉON.

Dieux vengeurs, le voici!

## SCENE III.

HERMOGIDE *dans le fond*, ALCMÉON, THÉANDRE, POLÉMON.

HERMOGIDE.

D'où vient donc qu'en ces lieux je ne vois point la reine.
Quel silence! Est-ce un piége où mon destin m'entraîne?
Rien ne paraît. Un lâche a-t-il surpris ma foi?
Qui, moi, craindre! Avançons.

ALCMÉON.

Demeure, & connais-moi.
Vois-tu ce fer sacré?

HERMOGIDE.

Que vois-je! le fer même
Qu'Amphiarus reçut avec son diadême!

ALCMÉON.

Te souvient-il du sang dont l'a souillé ta main?

HERMOGIDE.

Qu'oses-tu demander?

ALCMÉON.

Malheureux assassin,
Quel esclave ont percé ces mains de sang fumantes?
Quel enfant innocent? Eh quoi, tu t'épouvantes!
Tu t'en vantais tantôt! Tu te tais, tu frémis!
Meurtrier de ton roi, sais-tu quel est son fils?

HERMOGIDE.

Ciel, tous les morts ici renaissent pour ma perte!
Son fils.

ALCMÉON.

De tes forfaits l'horreur eft découverte.
Revois Amphiarus, vois fon fang, vois ton roi.

HERMOGIDE.

Je ne vois rien ici que ton manque de foi.
Tremble, qui que tu fois ; & devant que je meure. . .
Amis, foldats, courez.

ALCMÉON.

Non, barbare ; demeure :
Connais-moi tout entier; fache au moins que mon bras
Ne fait point fe venger par des affaffinats.
Je dois, de tes forfaits, te punir avec gloire :
J'attends ton châtiment des mains de la victoire ;
Et le fang de tes rois, qui te parle aujourd'hui,
Ne veut qu'une vengeance auffi noble que lui.
Sans fuite, ainfi que moi, viens, fi tu l'ofes, traître,
Chercher encor ma vie, & combattre ton maître ;
Suis mes pas.

HERMOGIDE.

Où vas-tu ?

ALCMÉON.

Sur le tombeau facré;
Sur la cendre du roi par tes mains maffacré.
Combattans devant lui, que fon ombre y décide
Du fort de fon vengeur & de fon homicide.
L'ofes-tu ?

HERMOGIDE.

Si je l'ofe ! En peux-tu bien douter ?
Et ces morts & ton bras font-ils à redouter ?

Viens te rendre au trépas ; viens, jeune téméraire,
M'immoler ou mourir, joindre ou venger ton père.

*( Le Grand-prêtre entre. )*

ALCMÉON.

Qu'aucun de vous ne ſuive. Et vous, prêtre des Dieux,
Ne craignez rien : mon bras n'a point ſouillé ces lieux.
Allez aux Dieux d'Argos immoler vos victimes :
Je vais tenir leur place, en puniſſant les crimes.

---

## *SCENE IV.*

LE GRAND-PRETRE, THÉANDRE, POLÉMON.

POLÉMON.

CIEL, ſois pour la juſtice, & nos maux ſont finis !

LE GRAND-PRETRE.

Nos maux ſont à leur comble. Alecto, Néméſis,
Portent vers ce tombeau leurs torches vengereſſes ; *
Pourſuivent les forfaits, & mêmes les faibleſſes.

---

(1) Du crime & du malheur meſſagères fatales,
Portent vers ce tombeau leurs torches infernales.
L'orgueil des ſcélérats ne peut les déſarmer ;
Les pleurs des malheureux ne peuvent les calmer :
Il faut que le ſang coule ; & leurs mains vengereſſes
Puniſſent les forfaits, & même les faibleſſes.

THÉANDRE.

Ciel, d'un roi vertueux daigne guider les coups !

LE GRAND-PRETRE.

Le Ciel entend nos vœux, mais c'eſt dans ſon courroux.
O conſeils éternels ! O ſévères puiſſances,
Quelles mains forcez-vous à ſervir vos vengeances !

POLÉMON.

C'eſt la voix de la reine ! Ah, quels lugubres cris !

LE GRAND-PRETRE.

Infortuné, quels Dieux ont troublé tes eſprits !

THÉANDRE.

Quoi ce vertueux prince ! ....

LE GRAND-PRETRE.

Il frappe, il eſt vainqueur. ...

C'en eſt aſſez : reviens de ce lieu plein d'horreur.
Amphiarus le ſuit ; il l'égare ; il l'anime ;
Il le pouſſe ; & le crime eſt puni par le crime.

POLÉMON.

C'eſt la voix de la reine !

THÉANDRE.

Ah, quels lugubres cris !

LE GRAND-PRETRE.

Vous le voulez, deſtins. ... il le faut... je frémis !
L'ordre eſt irrévocable... Ah, mère malheureuſe,
La parque t'a conduite à cette tombe affreuſe !
Les morts & les vivans y ſont tes ennemis :
Crains ton roi, crains ton ſang.

ERIPHILE *derrière le théatre.*

Epargne-moi, mon fils !

ALCMÉON *derrière le théatre.*

Reçois le dernier coup ; tombe à mes pieds, perfide.

THÉANDRE.

Ah, qu'eſt-ce que j'entends !

LE GRAND-PRETRE.

La voix d'un parricide.

---

Que vas-tu faire ! Et toi mère trop malheureuſe,
Garde-toi d'approcher de cette tombe affreuſe :
Les morts & les vivans y ſont tes ennemis :
Reine, crains ton époux, crains encor plus ton fils !

ERIPHILE *derrière le théatre.*

Mon fils, épargne-moi !

## SCENE V.

### THÉANDRE, ALCMÉON, LE GRAND-PRETRE, POLÉMON.

ALCMÉON.

Je viens de l'achever ; il n'eſt plus ; je ſuis roi.
Rendez tous grace aux Dieux qui combattaient pour moi ;
Ils conduiſaient mes coups ; ils guidaient ma colère.
Ce bras l'a fait tomber même aux pieds de ma mère.
Il demandait la vie ; il s'eſt humilié ; *
Mais mon cœur une fois s'eſt trouvé ſans pitié.
Eriphile eſt témoin de ma juſte vengeance.
D'où vient qu'en ce moment elle fuit ma préſence ?
Craint-elle de ſon fils le bras enſanglanté ;
Et cet horrible arrêt que mon père a dicté ?
Allez, courrez vers elle, & calmez ſes alarmes :
Dites-lui que mes mains vont eſſuyer ſes larmes. .
Mais non. . . je veux moi-même embraſſer ſes genoux :
Allons, je veux la voir.

LE GRAND-PRETRE.

Ah, que demandez-vous !

ALCMÉON.

Je vais mettre à ſes pieds ce fer ſi redoutable. . .
Que dis-je ! Où ſuis-je ! Où vais-je ! & quelle horreur m'accable !

---

* Ce monſtre enfin n'eſt plus ; Argos en eſt purgé :
Les Dieux ſont ſatisfaits ; & mon père eſt vengé.
J'ai vu ſur cette tombe Eriphile éperdue :
D'où vient qu'en ce moment elle évite ma vue ?

D'où vient donc que le ſang qui réjaillit ſur moi,
Si juſtement verſé, m'inſpire un tel effroi?
Je n'ai point cette paix que la juſtice donne:
Quoi, j'ai puni le crime, & c'eſt moi qui friſſonne!
Dieux, pour les ſcélerats quels ſont vos châtimens,
Si les cœurs vertueux éprouvent leurs tourmens!

## SCENE DERNIERE.

ERIPHILE, *ſoutenue par ſes femmes*, ALCMEON, THÉANDRE, LE GRAND-PRETRE, POLÉMON, Suite.

ALCMÉON *d'un air égaré.*

OMBRE cruelle, eh bien! que veux-tu d'avantage?
Quel ſang coule à mes yeux... que vois-je!

ERIPHILE.

Ton ouvrage.
Les oracles cruels enfin ſont accomplis;
Et je meurs par tes mains, quand je retrouve un fils!
Le ciel eſt juſte!

ALCMÉON.

Hélas parricide exécrable!
Vous, ma mère!... Elle meurt... & j'en ſerais coupable!
Moi! moi! Dieux inhumains!

ERIPHILE.

Je vois à ta douleur
Que les Dieux, malgré toi, conduiſaient ta fureur.
La main qu'ils ont guidée a méconnu ta mère. *

* Du crime de ton bras ton cœur n'eſt point complice;
Ils égaraient tes ſens, pour hâter mon ſupplice.
Je te pardonne tout... Je meurs contente. Hélas! &c.

Ta parricide main ne m'en eſt pas moins chère :
Ton cœur eſt innocent : je te pardonne... hélas !
Laiſſe-moi la douceur d'expirer dans tes bras !
Ferme ces triſtes yeux qui s'entr'ouvrent à peine.

ALCMÉON *à ſes genoux.*

J'atteſte, de ces Dieux, la vengeance & la haine :
Je jure par mon crime & par votre trépas,
Que mon ſang devant vous....

ERIPHILE.

Mon fils, n'achève pas
Indigne que je ſuis du ſacré nom de mère,
J'oſe encor te dicter ma volonté dernière :
Il faut vivre & régner. Le fils d'Amphiarus
Doit réparer ma vie à force de vertus.
Un moment de faibleſſe, & même involontaire,
A fait mes attentats, a fait périr ton père.
Souviens-toi des remords qui troublaient mes eſprits ;
Souviens-toi de ta mère... ô mon fils, mon cher fils !
*( Elle l'embraſſe, fait un effort pour ſe lever, & élève la voix. )*
C'en eſt fait !

*( Elle meurt. Alcméon eſt évanoui. )*

LE GRAND-PRETRE.

La lumiere à ſes yeux eſt ravie.
Secourez Alcméon ; prenez ſoin de ſa vie.
Que, de ce jour affreux, l'exemple menaçant
Rende ſon cœur plus juſte, & ſon règne plus grand !

FIN.

www.ingramcontent.com/pod-product-compliance
Ingram Content Group UK Ltd.
Pitfield, Milton Keynes, MK11 3LW, UK
UKHW031937260826
14628UKWH00004B/1675

9 782019 709617